咖啡館
·推理事件簿7·
將方糖沉入悲傷深淵

珈琲店タレーランの事件簿7
悲しみの底に角砂糖を沈めて

岡崎琢磨／著　林玟伶／譯

目次

咖啡館

·推理事件簿7·

當你彎過那個轉角，就會發現天上有道彩虹。
所以讓我們再喝一杯咖啡，
然後再吃一片派吧。

——Irving Berlin "Let's Have Another Cup of Coffee"

書評競賽之亂

※此為根據二〇二〇年一月舉行的全國高中書評競賽決賽中實際發生事件編寫的虛構故事。在此事先聲明，作者並無質疑當時參賽的高中生之意圖，還望各位讀者能夠理解。

——我是因為妳才輸掉的。

她悲痛的控訴在我耳邊縈繞，久久不去。

1

「真是對不起，害你還要陪我來處理這件事。」

聽到我的道歉，男友枡野和將以一派輕鬆的態度如此回答：

「妳別放在心上，這對實希妳來說是很重要的事吧。」

他溫暖的話語深深浸透進我軟弱無力的心。我拿起豎立在桌子邊緣的菜單後攤開，藏起難以保持平靜的表情。

這裡是位於京都市中京區，名為塔列蘭咖啡店的店家。我在靠窗的餐桌席與和將面對面坐著。店內開著足以讓和將戴的眼鏡起霧的暖氣，還播放音量偏小的爵士樂，待起來十分舒適，讓我緊繃的身體稍微放鬆了一些。

平常都在東京報社工作的我會在京都，是為了與和將利用週末前來旅行。不過，這間咖啡店隱藏在一排傳統木造平房後方，不太會在觀光到疲倦時隨意繞進去坐，我是為了赴約才特地來到這裡的。

原本最初規畫行程時，我以為這只是一趟純玩樂的旅行。但一件偶然加入的代辦事項，使我的心至今仍陰暗沉重，如同隔著淡綠色玻璃窗看見的灰暗冬季天空。

我與和將向一位穿著白襯衫、黑褲及深灰色圍裙，留著鮑伯頭的可愛女性店員點了咖啡。店裡目前沒有其他客人，店員似乎也只有她一位，但有隻暹羅貓縮成一團，在店內角落的老舊椅子上睡得正香甜。

「所以妳們約定的時間是下午四點對吧？但還有將近三十分才到喔。」

和將看著手表說道。

「是我邀對方出來見面的，當然不能遲到。」

「這倒是沒錯。提早到是最好的選擇。」

「等時間快到了，你要記得挪到其他座位喔。」

我知道啦——和將不假思索地一口允諾。

「話說回來，妳也真是辛苦呢，身為活動的工作人員，竟然得向參加活動的高中生賠罪道歉。」

我縮起下巴，低頭盯著桌上的某個空白處。

她沒有對我提出賠罪的要求。這從頭到尾都是我自己想做的，所以不該說辛苦。我主動聯絡並邀她見面後，發現還是高中生的她不知該挑哪間店才好，所以我找了一間離她家不遠的咖啡店，指定在這裡赴約。之所以安排得如此周到，也算是一種我應該表示的誠意吧。

「這件事是我不對，我不該抱著半吊子的心態參與活動。畢竟這對參加的高中生來說是非常重要的比賽。」

「妳會不會太鑽牛角尖了啊？我不覺得這是什麼好事。」

「你沒有看那場比賽，才有辦法說這種話。」

「但真正有錯的不是妳，是惡作劇的犯人才對吧？」

「人們不是都說，把零錢放在車上，會增加被竊賊盯上的機率嗎？就算那是某人抱著惡意所做的惡作劇，也是我讓他有機會下手的。」

和將不滿地閉上嘴。他是東京都特別區的公務員，我是在菜鳥記者時期透過採訪認識他的。他目前任職於區公所，但我聽說他在學生時代修習過法律。雖然他對這件事有自己的想法，但他知道我的個性有時很頑固，所以大概也不想跟我爭論吧。

「……如果能查出犯人是誰，至少妳就不會是唯一需要負責的人了。」

「沒辦法啊，畢竟要求停止調查的就是那個女生本人。」

「但妳難道不會覺得心裡很悶嗎？說真的，如果妳認為替未成年人頂罪是一種美德，我會很想直接對妳提出異議。就算撇開這點不談，要是無法釐清是什麼情況導致問題發生，妳也不可能防止同樣的事情再次出現。其他工作人員全都對這一點袖手旁觀嗎？」

「其實要防止再次發生並不難……雖然我認為連同我在內，所有工作人員都非常不能接受這樣的結果。」

和將看到我的態度也猶豫不決，便往前探出身子說道：

「我們再一起思考一次吧？思考為什麼會發生這種事，還有這究竟是誰做的。」

「但那個女生馬上就會到這裡了……」

「我們還有時間。一旦妳跟她道歉，整件事就下定論了。這是最後的機會，讓妳找到能說服自己的合理解釋。」

他的熱烈勸說並沒有打動我。不過，在她抵達之前我本來就沒事做，而且我當然也有想知道真相的念頭。再來，雖然嫌麻煩的感覺大於感激，但我也很清楚，這是他表示體貼的方式。

「好吧，那我就試著從頭再敘述一次。」

我一這麼說，他的表情就變嚴肅了。事到如今還要再次敘述這件事，感覺是個十分倉促臨時又荒謬的提議，但他想要幫助我的態度應該不是虛假的。我也一點都不討厭他這種沒什麼心機的特質。

店員磨起了咖啡豆，可以聽見喀啦喀啦的聲音。我開始回想在三週前的比賽中所發生的奇異事件。

2

我在應屆畢業後進入讀裡新聞社工作已經快滿三年了。

一開始的兩年，身為新進記者的我學到了採訪與寫稿的基本技巧。我在去年的四月收到調職通知，那時新的財政年度才剛開始。

「德山，妳很喜歡看書對吧？」

在上司的這句話指示下，我前往的新職場是東京總公司內一個叫「印刷推廣委員會」的部門。該委員會似乎是為了保護書籍和報紙等印刷文化，並追求進一步振興才成立的。我是事務處的職員，需負責像是與出版商合作、協調活動細節等各種工作。起初，我對部門內安穩的氣氛感到很困惑，這與我擔任記者時忙得不可開交的情況截然不同，但是習慣之後，喜愛看書的我開始覺得這份工作是我的天職。

這個印刷推廣委員會負責主辦一場名為「全國高中書評競賽」的比賽。

簡單來說，書評競賽就是介紹書本的競技比賽。參賽者會帶來自己讀了覺得有趣的書籍，並在規定時間五分鐘內介紹這本書的迷人之處。之後再經過幾分鐘的問答與討論，整段發表便到此結束，輪到下一位參賽者上場。在所有參賽者都完成介紹後，比賽會場裡的參加者會以「自己最想讀哪本書」為基準來投票選出一本書。而獲得最多選票的書即為這場競賽的冠軍書。

全國高中書評競賽的唯一參賽條件，就是參賽者必須為高中生。一開始會在日本全國四十七個都道府縣舉辦比賽，介紹的書籍成功獲選為冠軍書的高中生可進入決賽。繼東京都的比賽後，今年一月在東京舉辦的決賽，我也是以工作人員的身分協助辦理。

決賽是由四十七個都道府縣各派出一位高中生代表參加，其中東京都因人口較多，還會再多一位，總計共四十八位參賽者。他們會先分成A到H共八組，每組六人，以此編制舉辦預賽，再由獲勝晉級的八人在決賽互相競爭。

第一屆比賽是四年前舉辦的，歷史並不長，但委員會裡的成員總是懷抱著一股自負，認為全國高中書評競賽與許多社團活動的全國比賽一樣，正逐漸在愛看書的高中生們心中成為能替青春增添色彩的比賽。而我因為是第一次參與這種比賽，對細節不甚熟悉，直到決賽前一天都還忙著處理各種準備及確認事項，甚至連好好睡個覺都有困難。我把優先順位較低的事情先往後延，結果到了比賽當天早上，才發現自己忘記製作用來決定決賽發表順序的籤紙。

幸好我家裡正巧就有製作籤紙所需的所有工具。我把它們全找出來，放進一個只在上方開了個圓洞充當抽籤箱的正方形大紙箱，然後抱著紙箱進入比賽會場，但印刷推廣委員會事務處的相田處長看到我的模樣後，卻苦笑了起來。

「德山，妳還好嗎？妳手上抱著的東西還真大啊。」

「對不起，我應該在昨天就先準備好的，結果還是來不及。」

「妳昨晚是不是沒睡覺啊？走路搖搖晃晃的，妝看起來也不太服貼耶。」

「處長，你這句話是性騷擾喔。」

對一個嚴格遵守法規的報社而言，性騷擾這個詞近年來比一把剪刀還要鋒利。處長尷尬地聳聳肩，但我們部門的氣氛還算開明，所以我還能無所顧慮地反駁年紀比我大兩輪的男性上司。

「等這場比賽結束後，我會毫無牽掛地放心補眠的。」

「很好。那就麻煩妳今天再忍耐一天吧。畢竟對參賽的高中生來說，這是他們一路努力晉級才得以參加的重要比賽。絕不能讓我們主辦單位的失誤毀掉它，我希望妳能夠把這件事銘記在心。」

平常總是悠悠哉哉的處長，難得說出這番帶有熱忱的話，但我那時卻只是隨意聽聽，沒放在心上，直到當天稍晚才對此後悔不已。

決賽的比賽會場是讀裡新聞社名下的表演廳，位於大手町，在中午舉行開幕式。大表演廳裡擠滿了許多觀眾，包括參賽者的監護人，還有以參賽者所介紹書籍的出版社為主的相關人士。主持人是一位因愛看書而廣為人知的搞笑男藝人，一開始是先讓參賽的高中生們自表演廳外入場。他們一個個被叫出校名與姓名，上前走到舞台正前方為他們準備好的座位入座。

「這種爽朗的表情和緊張僵硬的感覺真是不錯呢。看起來青澀又美好。」

我對在我身旁窺看觀眾席的處長低聲說道。舞台左側有個寬敞的空間，長桌在那裡一字排開，當作工作人員的本部。

「德山妳跟他們也沒差多少吧。」

「我和他們根本不一樣，我的年紀四捨五入後就三十了耶。變老這件事還真是令人討厭呢。」

「要是連妳都說這種話，那我就更無地自容了。」

聽完我們公司高層發表的開幕詞後，主辦單位開始詳細說明這場比賽的規則。預賽總共有四個會場，分別是這個大表演廳與三個小表演廳。事先分成八組的參賽者會移動至各會場，每個會場都會舉行兩組預賽，分為前半場與後半場。也就是說，會有四組參賽者同時在不同會場進行預賽，所以觀眾也會選擇自己想看的組別，進入該會場觀賽並參與投票。由於必須看完每一組所有人的發表內容才能投票，原則上是禁止中途進入觀賽的。

開幕式結束後，工作人員也紛紛散去，前往各自負責的預賽會場。我則是根據事先收到的指示，在大表演廳待命。大表演廳裡首先舉辦A組的預賽，接著才會輪到B組。

A組的參賽者們立刻就聚集到本部來了。男女學生各有三人，有明顯焦躁不安的學生，也有看似神色平靜的學生，大家在正式發表前的態度可謂千差萬別。順道一提，另一組的學生們則會坐在觀眾席上觀看預賽，並參加問答及投票。

第一位參賽者是女生，她拿著要介紹的書，走到舞台中央的講台前。比賽流程是參賽者隨時都可以開始發表，只要他們一開口，舞台正面螢幕上顯示的碼錶就會啟動計時，五分鐘後鈴聲一響起，發表就強制結束。

或許是身為第一棒的沉重壓力，她說出的第一句話聽起來像在顫抖。發表開始後，我便佔用了本部長桌的一部分空間，著手製作決定決賽發表順序的籤紙。

我準備了一疊邊長十公分的正方形白色便條紙、八個個位數數字的印章及黑色印台。我撕下一張便條紙，在中間蓋上「一」的印章，折了四折後放入抽籤箱。只要重複以上步驟蓋到數字八，八張籤紙就製作完成了，是一項非常簡單的工作。如果動作快一點，甚至花不到五分鐘。

但這些高中生的發表水準之高，遠遠超出我這個觀看過東京都比賽的人的預期，讓我在製作途中多次停下手來看到入迷。不用說也知道，他們充分運用有限的發表時間，內容也精湛完美，此外還加上連主播都相形見絀的優美發音與恰當的肢體語言，又能夠剛好在五分鐘時結束發表，這些細節都讓人深刻感受到他們為這天練習了多少次。他們的發表非常值得觀賞，介紹到的每一本書都讓人很想讀讀看。

我對發表順序第三位的女生格外有印象。

她是代表京都府參賽的榎本純。她身材高瘦，一頭黑色長髮用白色髮夾固定住。雖然是高一生，氣質卻十分成熟，感覺上班族套裝比學生制服外套更適合她。

她光是站在舞台中央，手放在胸前深呼吸一口氣，就讓我覺得會場的氣氛變得正經嚴肅。後來她開始說話時，明明聽起來不像刻意提高音量，聲音卻能傳遍廣大會場的每個角落。

「各位，請問你們曾針對數字思考過嗎——」

她介紹了一本由美國數學家所寫的書，名叫《數字的奧妙》。這本書收錄了各種與數字有關的小知識，她一邊引用書中較具體的趣聞，一邊讓聽眾逐漸沉浸在她的敘述裡。

「舉例來說，我在這場預賽中是第三個發表的人。而『三』這個數字其實有這種神奇的性質——」

預賽的發表順序是提前決定的，也已經事先通知參賽者。所以她把這一點也當成材料融入，使發表內容更加豐富。

榎本同學在僅剩兩秒時結束發表，直到最後都沒有讓觀眾感到一絲無趣。她的表現並不像一個純熟巧妙的發表者，不時可窺見符合高中生身分的緊張感，但她的發表內容卻讓人神奇地覺得很出色，更重要的是，會讓人強烈地想閱讀她介紹的那本書。

在問答時間時，會場裡的人雖提出好幾個問題，榎本同學都流暢地回答了。她的回答並不幽默，也沒有風趣之處，但每個問題都誠實作答的態度應該會帶給觀眾更好的印象。

就如先前曾提過的，書評競賽的投票基準不是介紹技巧多高超，而是只看觀眾會不會想讀這本書。不過，看完榎本同學的發表後，我直覺認為她應該可以晉級。即使在高水準的預賽中，她還是完美結合書本的魅力與精采的發表，看起來就是比別人略勝一籌。

在參賽者依序上台發表的過程中，我順利地做完了八張籤紙。不久，A組的發表全部結束，觀眾開始投票。投票方式是在進場時收到的選票上寫下想投的參賽者號碼，然後交給會場裡負責收選票的工作人員。我一直待在本部，旁觀其他工作人員迅速蒐集選票後再回來。

在B組的預賽開始前有二十分鐘的休息時間。在此期間，將輪到其他參賽者進場，觀眾也會移動至下一個想看組別的預賽會場。就在休息時間開始的同時，我放在套裝長褲口袋裡的智慧型手機振動了起來。

「德山，妳那邊已經結束了嗎？」

是相田處長打來的。

「是的，已經結束了。」

「一號小表演廳湧入許多觀眾，座位好像快不夠用了。我沒記錯的話，本部應該還有鋼管椅對吧。」

我把智慧型手機貼在耳邊，環顧四周。結果發現有幾十張鋼管椅摺疊起來，豎立在角落牆邊。

「我看到鋼管椅了。」

「妳能搬來一號小表演廳嗎？只要十張就夠了。」

「好的，那我過去後是不是直接待在那邊比較好呢？」

「不，妳搬完之後可以回本部沒關係。」

我掛斷了電話。因為要一次搬過去很困難，只好先扛著一半數量的椅子前往一號小表演廳。我請在會場裡的工作人員協助排好椅子，然後又來回一趟，把十張椅子都搬完了。

當我回到本部時，B組的參賽者已經前來集合了。當我從躁動不安的他們之間鑽過，打算回到原本的座位上時，發現榎本同學站在抽籤箱前。

「辛苦了，妳在發表時表現得非常好喔。」

我開口向她搭話。榎本同學回過頭來，臉上表情看起來沒什麼喜色。

「謝謝妳。不好意思，這該不會是用來決定決賽發表順序的抽籤箱吧？」

「沒錯，真虧妳看得出來呢。」主辦單位早已事先通知參賽者，決賽發表順序將以抽籤決定，「這個箱子怎麼了嗎？」

「放在這種地方不會有問題嗎？我覺得好像有點太沒戒心了。」

我嚇了一跳，原來她是在擔憂有人會對抽籤箱動手腳。我一開始心想她未免太神經質，但馬上就改變了想法。對高中生來說，這場比賽的意義就是如此深重。我可以明白她無法容許任何不公正，認為應該徹底阻止這種行為的心情。

「抱歉，妳說得很對，我會好好看管它的。謝謝妳的忠告。」

我抱起抽籤箱，把它移到本部後方用隔板隔開的區域，其他工作人員會固定待在這裡。為了保管選票，這裡禁止參賽者靠近，只要放在這裡，基本上就不可能有人動手腳了。

榎本同學一臉放心地離開了本部。後來幾乎沒過多久，B組的預賽就開始了。

B組的發表過程也進行得很順利，在所有組別的預賽都結束後，有長達一小時的午休時間，但身為工作人員的我們是無法休息的。

我們請位於本部的B組學生們離場，然後先計算預賽的得票數。如果參賽者得知自己晉級決賽的時間點有落差，容易產生不公平感，所以會等到現在才一起計票。我計算了自己觀看的A組得票數，並親眼確認榎本同學如我所料成功晉級。

接著，我們開始替午休後在大表演廳舉行的當紅作家座談會搭建舞台。我與其他工作人員一起合作，排好桌椅和準備瓶裝水。除了原本就已宣布參加的作家之外，還有三位得知作品將被介紹後前來觀看的作家將出席座談會。我把寫有每位作家姓名的紙張貼在桌子前。

其實我知道還有另一位男作家已經來到了會場。但介紹他的書的參賽者通過了預賽，待會會在決賽時登場。要是知道作者就在會場裡，介紹這本書的學生或許會感到不安，也可能讓觀眾有所偏頗。所以我們請該作家先不參加座談會，等到他的著作獲得冠軍書殊榮時，再參加頒獎典禮。

當午休結束，所有參賽者都在大表演廳就座後，座談會就開始了。這些高中生大概是第一次見到職業作家，眼裡全都充滿興奮神采。即使對我們這些負責推廣印刷文化的人而言，作家們的談話內容也有很多發人深省之處，座談會可以說是成功落幕。

座談會結束後，緊接著開始舉辦決賽。首先由負責主持的藝人從A組依序念出通過初賽的參賽者姓名。然後被唱名的參賽者再從座位站起，走上舞台。

當主持人率先喊出榎本純的名字時，會場爆出熱烈的掌聲。榎本同學單手拿著書，另一隻空著的手則疑似因緊張而握成拳頭。下一個被叫到的人是代表岩手縣的板垣愛美，是我看過預賽的B組勝利者。她介紹的書就是那位沒有參加座談會的男作家寫的。後來其他組的學生名字也紛紛被叫到，八位晉級決賽者齊聚在舞台上。男生共三人，女生共五人。有個女生摀著嘴巴，不敢相信自己晉級決賽；有個男生則拚命忍住嘴邊的笑意；還有個女生似乎對自己很有信心，臉上毫無表情。所有人的反應看起來都因人而異，十分有趣。

「發表順序將用抽籤來決定。請拿出抽籤箱吧！」

聽到主持人的呼喚，我抱著抽籤箱從舞台旁走了出來。從榎本同學開始，我請每個參賽者按照組別的字母順序，手伸進抽籤箱抽出一張籤。

「還請各位參賽者都先不要看籤上的內容喔，我們待會再同時打開來看吧。」

真不愧是專業藝人，連這種時候也不忘說點話來串場。

我在只剩下兩人時目視確認了一下，箱子裡的確還有兩張籤。八個人全都抽完籤後，我便抱著箱子退到舞台旁。

「好了，請各位一起打開手上的籤吧！」

聽到主持人的這句話，參賽者紛紛打開籤紙，確認自己抽到的數字，然後再對著觀眾席展示出來。

緊接著，觀眾席掀起一陣騷動，但我這時仍不知道發生了什麼事。

「哎呀……這到底是怎麼一回事呢？」

主持人似乎忍不住顯露本性，語帶困惑地這麼說。

看起來是抽籤的結果出了點問題。我忍不住走上舞台後，被眼前的景象嚇了一大跳。

站在最前方的榎本同學拿著寫了「六」的籤紙。她旁邊的板垣同學則是「一」。

到目前為止都沒有問題，但接下來的情況顯然不對勁。

「呃……三號和四號籤是不是各有兩張呢？」

主持人說得沒錯。抽出一、二、五、六的參賽者各有一位，但抽到三和四的參賽者卻各有兩位。本來應該要有的七、八號籤消失，取而代之的是各多了一張的三、四號籤。

「這怎麼可能！」

我大叫一聲，立刻檢查抽籤箱。但箱子裡當然是空的，並未剩下七號和八號籤。

相田處長走了過來，在我耳邊低聲說道：

「德山，看來是妳的失誤啊。」

「我的確做了七號和八號籤啊！而且三和四根本不可能有兩張，我也是一頭霧水……」

「好了，妳冷靜點。抽籤這種事情，只要能決定順序就好，其他都不重要。」

即使處長如此安慰我，還是無法平息我心中的混亂。

舞台上的參賽者們看起來也有些不知所措，但還是照著籤上號碼的順序重新排成一列。站在舞台最左側的是抽到一號的板垣同學。第二順位本就毫無爭議，有問題的三和四也因為當事人互相禮讓似地自動排好，並未發生任何爭執。站在舞台最右側的則是抽到六號的榎本同學。

「決賽將會照著此順序來發表！期待各位參賽者能帶來一場激戰！」

主持人高聲宣布後，參賽者們便移動至舞台旁。板垣同學先是停頓片刻，然後才戰戰兢兢地走到講台前，為決賽揭開序幕。

雖然我腦中仍存有許多疑惑，但看著這些高中生在遇到剛才那樣的問題後，還是能充滿自信地發表演說，讓我也漸漸找回了冷靜。正如相田處長所言，只要能決定順序就不會有問題。而且實際上，最後也的確順利決定出順序了。雖然還不清楚發生了什麼事，也無法否認工作人員有所疏忽，但這項問題不會讓人覺得嚴重干擾比賽進行。

決賽的時間一轉眼就過去了，終於輪到壓軸的榎本純同學上台。

雖然身為工作人員，偏愛特定學生可能不太妥當，但我仍舊十分期待她的表現。因為根據在預賽時看到的情況，我推測她贏得冠軍書殊榮的機會很大。

然而，當榎本同學一開始發表，我就立刻察覺到她的異狀。

相較於預賽，她的態度明顯缺乏從容。視線不停游移、聲音僵硬且聽不太清楚，不是突然加快語速，就是反過來說到一半卡住。連我這個旁觀者都想為她捏把冷汗，最後她超出規定時間長達二十秒，以類似強制中斷的方式結束了發表。

她的表現與預賽時判若兩人。這也是決賽的沉重壓力造成的嗎？也有可能是她的緊張情緒在得知通過預賽後突然鬆懈下來，結果就大意了。我為她感到同情，即使看見她退到舞台旁後露出泫然欲泣的表情，我也不知道該對她說什麼話。

決賽的投票方式是以發放給所有觀眾的團扇來計票。只要叫到自己想投的書名，就舉起團扇面對舞台。工作人員會統計票數並決定冠軍書。由於考慮到投票時可能出現相當殘酷的票數落差，主辦單位會要求參賽者聚集在舞台左側的本部後方，禁止觀看投票過程。因為我也待在本部，便在不知道計票結果的情況下參加了投票後舉辦的頒獎典禮。

「我要公布結果了。今年的全國高中書評競賽決賽，獲得冠軍書殊榮的是——」

在一陣頒獎的鼓聲音效響起之後，負責主持的藝人念出在決賽中第一個發表的板垣愛美同學所介紹的書名。板垣同學一臉難以置信地雙眼泛淚，寫出那本書的男作家也出現在舞台上。被作者登場嚇到的板垣同學收下作者頒發的獎狀後，會場裡的人紛紛給予掌聲及喝采。

接著又頒發了特別獎等其他獎項，但直到最後都沒有叫到榎本同學的名字。她低下頭抿著嘴唇，似乎在強忍內心的懊悔不甘。

在頒獎典禮結束後，又接著舉行閉幕式，今年的全國高中書評競賽決賽就此落幕了。雖然途中發生了一些問題，但應該可以說整體上並無重大過失——我如此心想，甚至有種已卸下肩上重擔的感覺。

閉幕式結束後，主辦單位會安排所有晉級決賽的參賽者合影留念。但榎本同學的表情仍舊不見喜色。當合照拍完時，她似乎再也無法忍受，終究還是摀住臉哭了起來。

我不禁走過去向她搭話：「妳沒得獎真是太可惜了。」

榎本同學只瞥了我一眼就又低下頭。她在那一瞬間露出來的濕潤雙眼讓我心疼不已。

「妳為什麼沒有好好看管抽籤箱呢？」

我花了一點時間才注意到她正在責怪我。

「……榎本同學？」

「如果沒有在抽籤決定順序時發生那種問題，我其實是可以更冷靜地發表介紹的……我本來以為自己是第六個，結果卻突然得知自己是最後一個，害我腦中頓時一片空白……」

她的語氣與其說是咄咄逼人的指責，不如說帶有沉重的恨意。當我正啞口無言時，榎本同學依舊沒有抬起頭，吐出一句判定我有罪的話。

「我是因為妳才輸掉的。」

榎本同學哭著離去了。我佇立在原地動彈不得，既無法攔住她，也無法追上去。

——畢竟對參賽的高中生來說，這是他們一路努力晉級才得以參加的重要比賽。

我直到現在才終於切身體悟到相田處長的話有多麼深重。參賽者們挑選想介紹的書，仔細構思發表內容，平常也努力練習，以萬全準備參加各都道府縣舉辦的比賽——他們如此費盡心力，才終於獲得參加全國比賽的資格。既然他們投入了熱情，在比賽時當然會緊張，也會因為一點小事犯下致命錯誤。所以即使是工作人員在管理上的小小失誤，也能左右比賽結果。

——她說得沒錯，如果我好好看管抽籤箱，就不會在抽籤時發生那種問題。我為什麼會讓這麼嚴重的疏漏發生呢？

我心裡很清楚自己應該要向榎本同學道歉。但那時會場的撤除工作已經開始，我也因而忙得走不開。等到收拾工作告一段落，我也下定決心認為還是得道個歉時，榎本同學因為必須在今日返回京都，早就離開會場了。

當我站在本部撤除後的空地發呆時，相田處長跑來向我搭話。

「德山，妳怎麼啦？比賽好不容易結束了，但妳還是沒什麼精神。妳的精力燃燒殆盡了嗎？」

「不，並不是這樣的……其實剛才發生了一件事……」

我把自己被榎本同學責怪的事告訴了他。處長抱著雙臂沉吟起來。

「這樣啊……我本來以為那不是什麼大問題，原來還是有高中生因此表現失常啊。」

「我到底該怎麼做才好呢？」

「若德山妳很介意這件事的話，大概也只能向榎本同學賠罪了吧。而且最好是正式地面對面道歉。還有……」

「還有？」

「想辦法查清楚真相應該會比較好吧。為什麼會發生那種事、該怎麼做才能防止以後再次發生。既然妳已經錯過一次道歉的機會，我想與其急著道歉，妳應該考慮好好向她解釋清楚。」

「你的意思是要我找出犯人嗎？」我嚇了一跳。

「如果德山妳做的籤沒有問題，那就只能假設是有人動了手腳。那個人抽掉了七號和八號籤，並用三號和四號籤遞補取代。但我完全不懂這麼做有何用意就是了。」

我可以確定自己並沒有記錯。因為我在處理撤除工作時檢查過，七和八的印章上的確還留有尚未完全乾掉的黑色墨水。這可以說是我曾使用那些印章製作籤紙的證據。

「不過，就算我們不知道目的，但如果有人動了手腳，犯人恐怕就是參賽的高中生吧。他們好不容易才獲得參賽資格，老實說，我沒什麼心情去懷疑他們……」

「但這並不代表妳可以忽略有人動手腳這件事吧？等找到犯人，真相大白之後，再來考慮該怎麼處理就好。現在首先要做的是掌握事實。」

雖然我仍有些遲疑，但還是點了點頭。

「好的，我會試著調查清楚。」

「要德山妳在休息時間幫忙搬椅子的我也有責任。如果妳遇到問題，就儘管告訴我吧。」

湊巧的是，我正好也預計在三週後與男友和將前往京都旅行。於是我把那天定為向榎本同學道歉的計畫執行日，並開始調查這起不公正事件。

3

正如相田處長所言，既然在抽籤時發生了那種情況，就表示犯人把我製作的一到八號籤裡的七和八從抽籤箱中拿出後，另外製作了第二張三號和四號籤放進抽籤箱。

我從抽籤箱上移開視線的時間，是從A組預賽結束後接到處長的電話、離開本部協助搬運鋼管椅開始，到返回本部並被榎本同學警告為止——我連中途短暫返回本部時也沒去看抽籤箱——整段時間大約只有二十分鐘。除了那段時間之外，參賽者們沒有其他機會可以靠近抽籤箱。

在這二十分鐘裡，待在抽籤箱所在的本部的參賽者只有A組與B組的學生，總共十二人。換言之，犯人就在他們之中的可能性很大，而且說不定還有目擊者。

於是我向相田處長借了參賽者名單，決定先打電話一個個詢問調查。

第一個人是在A組預賽時第一個上台發表的女生，代表北海道參賽的伊藤真里亞同學。她登記在名單上的是一組〇八〇開頭的電話號碼，我撥打之後，接起電話的是伊藤同學本人。

「我是讀裡新聞印刷推廣委員會事務處的德山實希。伊藤同學，關於前幾天舉辦的全國高中書評競賽決賽，我有一些事想詢問妳。」

「咦？是什麼事呢？」

我向有些慌張的伊藤同學解釋自己正在調查決賽抽籤的事，並告訴她只有在A組預賽結束後的休息時間才可能對抽籤箱動手腳。

「……所以說，伊藤同學，妳當時有沒有看見什麼異狀呢？例如有人看起來像在碰觸放置在本部的抽籤箱之類的。」

「我沒有看見。我連有個抽籤箱放在本部這件事都沒注意到。」

她聽起來並不像在撒謊。話雖如此，這不代表我能夠做出她並非犯人的結論，但再繼續問下去似乎也沒什麼意義。

我向她道謝並掛斷電話後，明明才第一個人，我卻已經開始覺得自己在白費工夫了。這麼做真的能找到犯人嗎？即使電話另一頭的是犯人，要是對方裝死不認帳，我不就束手無策了嗎？而且就算找到目擊者，其證詞也有可能就是犯人為了嫁禍給其他參賽者所編的謊言。參賽者們之間不會直接聯繫，所以只要你有心，想怎麼說別人的壞話都沒問題。

而且這並非犯罪搜查，無法採取指紋，根本和水中撈月沒兩樣。我一邊嘆著氣，一邊打電話給下一個學生。

「喂，請問是新房豐同學嗎？」

「嗯，我就是。」

這通電話也是本人接的。新房豐是A組第二個上台發表的男生。

「我是讀裡新聞印刷推廣委員會事務處的德山實希，想針對前幾天的書評競賽決賽抽籤的事詢問……」

「不是我做的喔。」

他打斷我的話這麼說，一下子就讓打電話給他的我愣住了。

「那個，你說『不是我做的』的意思是……」

「妳正在尋找在籤上惡作劇的犯人對吧？那不是我做的。」

「難道說，有人告訴你我正在調查這件事？」

「不是的……但妳一提到抽籤，我唯一能想到的情況就是正在找惡作劇的犯人。」

看來他是因為太快會意過來才出現那種反應。

「我並不是在懷疑新房同學你，但如果你知道些什麼，希望你可以告訴我。」

「這個嘛……A組的預賽結束後，我就馬上離開本部前往觀眾席了，也有人可以替我作證喔。我一直和大地同學在一起。」

大地一悟也是A組的參賽者，是第五個上台的男生。不過，新房同學是秋田縣的代表，大地同學則是宮崎縣的代表，我覺得他們在比賽前應該沒有任何聯繫。他們兩人的感情是何時變得這麼好的呢？

「你是在比賽當天和大地同學混熟的嗎？」

「不，我們兩人都有在玩社群軟體，也在上面發表了關於書評競賽的事。我記得是大地同學在搜尋時找到我，主動聯絡我的帳號的。從那之後，因為我們都是代表縣市參賽，一直保持會偶爾聊天的關係。』

我恍然大悟。這是一個只要透過網路，不僅是日本全國，甚至能與全世界任何人聯繫的時代。由於兩人擁有共同話題，很有可能在比賽前就已萌生友誼。

「總而言之，預賽結束後的休息時間我一直都和大地同學在一起，沒有機會對抽籤箱動手腳。如果妳認為我在說謊，也可以去問問大地同學。」

我不認為新房同學在說謊，但既然他如此強調，我便照著他的話立刻打電話給大地同學。電話才響幾聲，大地同學就接了起來。所以他應該沒有多餘的時間先和新房同學統一說詞。

這次我也是正經地報上名號後就開門見山地直接詢問。

「新房同學是這麼跟我說的，請問這是正確的嗎——」

大地一聽到我的說明就爽快地承認了。

「新房同學說得沒錯喔，我休息時間一直都和他在一起。」

「所以你們也是什麼都沒看到嗎？」

「是的，我唯一可以確定的大概就是我們並沒有動手腳吧。」

我掛斷了電話。這樣就可以確定在A組與B組的十二位參賽者中，有兩人是清白的。以消去法的觀點來看，可以說是有所進展，但依然沒有獲得足以鎖定犯人身分的關鍵線索。

後來我仍舊繼續詢問調查，但A組第四順位的女生和第六順位的男生也都表示沒有目擊任何異狀，也不像新房同學他們那樣能夠證明自己的清白。包含只透過網路聯繫的新房同學與大地同學在內，所有人都是比賽時才第一次見面的話，這也是很合理的事。他們別說是和人建立關係了，連要去關注自己以外的人都很困難。

我在幾乎沒有任何收穫的情況下結束了對A組學生的詢問調查行動。因距離去京都旅行的日子愈來愈近，我決定優先打電話約榎本同學見面。

「榎本同學？我是讀裡新聞印刷推廣委員會事務處的德山實希。我在前幾天的書評競賽時曾和妳聊過抽籤箱的事。」

「嗯……妳有什麼事嗎？」

即使隔著電話，榎本同學的語氣仍舊很僵硬。我想她應該還沒有原諒我。

「關於我在比賽時管理不善，造成妳困擾這件事，我想當面向妳道歉。下週末我會去京都，如果妳不介意的話，我們可以找個地方碰面嗎？」

「咦……下週末的話我是沒什麼事啦。」

榎本同學的反應中透露出一絲困惑。她似乎很難想像這件事有嚴重到要讓一個成年人特地從東京前往京都向高中生道歉，她的態度比較像是還來不及考慮是否接受道歉，就在無意間被我唐突的提議牽著鼻子走了。

「謝謝妳。那麼……」

後來我與榎本同學來回交談幾句，確定了兩人見面的時間及地點。

我在這通電話的最後對她說了一句話，想讓她知道我願意對此事負責。

「我目前正在採取詢問休息時間時人在本部的高中生等方式，調查為什麼會在抽籤時發生這種問題。不過至今還沒有得到任何可靠的情報。」

榎本同學的語氣突然變得很強硬。

「請妳不要再尋找犯人了。」

這意想不到的發展使我的態度有些退縮：

「但要是不弄清楚發生了什麼事，就很難採取萬全的措施避免再次發生，也會讓道歉的行為少了最關鍵的部分……」

「我一點都不想責怪在抽籤箱裡動手腳的人。同為一路努力至今的參賽者，我能夠理解那種就算作弊也想贏的感覺。」

我很訝異榎本同學會袒護犯人，但她的理由頗有說服力。

「所以我才會打從一開始就認為防止作弊是工作人員的職責。如果想避免再次發生，只要你們的視線別離開抽籤箱就好了吧？請妳不要再尋找犯人並推卸責任了，否則我也不會接受妳的道歉。」

我完全無法反駁她。有錯的是作弊的人，這個論點是正確的。但還是必須考量到工作人員與參賽者、成年人與高中生的立場差異。避免參賽者們碰上不公正事件是我們這些工作人員的義務。

「我明白了，我會停止調查。」

我別無選擇，只能如此答應她。「那我也會接受妳的道歉。」榎本同學這麼說道，掛斷了電話。

隔天，我一進公司就走到相田處長的辦公桌前，向他報告我不得不停止調查的事。

「這樣啊……對榎本同學來說，她會有這種感覺或許也是在所難免。」

「我也是這麼想的，所以我只能答應她的要求。既然我們無從得知參賽者之間是否另有聯繫管道，就算想繼續偷偷打聽情報也有難度吧。」

「抱歉啊，德山。都是因為我給了不必要的指示，叫妳去尋找犯人才會變成這樣。」

處長坐在旋轉椅上，尷尬地搔了搔太陽穴。

「這我是無所謂啦……畢竟我自己也很想知道真相。不過，現在事情變成這樣，真相等於是陷入五里霧中了。」

「但妳詢問調查到現在，應該也多少查出了一些事，說來聽聽吧。或許妳找個人談論之後，能夠獲得意料之外的收穫。」

於是我在處長的建議下報告了詢問調查的結果。不過，看起來具有意義的證詞很少，頂多就是新房同學與大地同學互相保證了彼此清白。

「嗯……看來是無法指望靠目擊證詞抓出兇手了呢。」

「畢竟犯人動手腳時應該也刻意避人耳目了。不過，如果是這樣的話，我覺得自己已經無計可施了。」

「我還是很在意，犯人為什麼要做那種事呢？」

處長再次提起犯人抽掉七號和八號籤，用三號和四號籤遞補取代這件事。

「犯人的用意究竟是什麼？」

「雖然這種事一定是因人而異，但要是在八人中抽到第三或第四個上台，大概會覺得這個號碼並不差吧。反過來說，如果是第一棒或壓軸，應該就有很多人想避開了。」

「關於這點我並無異議，但即便增加了三和四的籤，也不代表抽到第三或第四個上台的機率會增加啊。」

畢竟能排到第三或第四上台的人還是只有一個。頂多就是在抽到三或四時，能夠一切順利地選擇在抽到同號的人之前或之後上台，但抽到第一棒或壓軸的可能性並不會因此降低，我不認為犯人有必要為此特地作弊。

「認真說起來，參賽者能夠在抽籤箱上動手腳的時間，就只有A組預賽結束後用來休息的那二十分鐘對吧。」

「是的，這一點我可以確定。」

「但所有的參賽者在那時可都無法確定自己是否晉級決賽喔。我們是等到所有組別的預賽都結束後才開始計票的。可是犯人還是對抽籤箱動了手腳，這究竟是為什麼呢？」

「經你這麼一說……參賽者的確是要等到在抽籤前被叫上舞台時，才有可能知道自己晉級決賽。這樣一來，不只是那段休息時間，就算犯人在其他時間點動手腳，這件事也都和預賽的結果毫無關係。」

所以是犯人還沒確定晉級預賽就作弊了嗎？若犯人在預賽時覺得自己表現不錯，或許——

但當我這麼想時，處長卻說了一句令人意外的話。

「不對，只有一個人辦得到。那個參賽者不需要等待預賽結果公布，就能夠知道自己晉級。」

「咦？那是誰呢？」

「就是板垣同學啊。」

板垣愛美——這個女生所介紹的書被選為決賽的冠軍書。

「為什麼是她呢？」

「板垣同學介紹的那本書，作者不是來會場嗎？如果她在座談會之前就掌握這項消息的話，妳覺得她會怎麼想？」

這種情況並非毫無可能。只要板垣同學事先看過作者的臉部照片，並在會場碰巧發現作者本人，就滿足此情況發生的條件了。而且也無法斷定那位男性作家自己是否曾透過社群軟體等管道洩漏消息。雖然工作人員應該已經拜託該作家盡量隱瞞前來會場這件事，但會不會遵守就得看他本人的良心了。

「我們在準備舉辦座談會時，不是會把寫有參與作家名字的紙貼在桌子前面嗎？板垣同學看到那張紙後就會想：『咦？我介紹的書的作者明明就在會場裡，卻沒有參加座談會。』要從這一點推測出她已經晉級的結論並不困難。」

只要稍微思考一下，就能夠明白為何不讓作者參加的理由了。因為這樣可能會在決賽時干擾觀眾的判斷，或者影響板垣同學演說時的表現。

「原來如此。B組的板垣同學所參加的預賽是在大表演廳舉辦的，所以她也有機會接近抽籤箱。」

「喂喂，妳搞混了，板垣同學最快也要在午休時才會知道自己晉級決賽。她在那二十分鐘的休息時間時根本連預賽都還沒開始比。」

「啊，說得也是……不過，這樣一來，就表示板垣同學無論如何都不可能在得知晉級決賽後跑去動手腳。」

相田處長把手靠在下巴上思考了一會，開口說道：

「是有人協助板垣同學動手腳。」

「有人協助？」

「不用說也知道吧——就是作者啊。」

我大吃一驚地說：「這怎麼可能！」

「如果自己的書被選為全國比賽的冠軍書，對作者來說是很好的宣傳機會。這足夠成為他協助參賽者的動機。各都道府縣的比賽結果會立刻公布，所以作者一確定參賽者可以參加全國比賽後就主動聯繫他們並不是什麼奇怪的事。」

「也就是說，板垣同學可能在決賽前就跟作者有往來了。」

「那位作家雖然並未參加座談會，但因為他有可能會出現在頒獎典禮上，我在決賽開始前就先請他在本部等待了。我記得他等待的地方是——」

「就是那個用隔板隔開的區域嘛！」

因為不能讓參賽者們看到他，可以說他是被關在那裡的。而我也正好把抽籤箱搬到那個區域暫放。

「看來這項懷疑是愈來愈有真實性了呢。」

處長臉上帶著得意的微笑，是覺得事情如此發展很有趣嗎？

「如果板垣同學與作家同謀的話，她根本不需要看見寫著座談會與會作家姓名的貼紙，就有可能知道自己晉級決賽了。如果他們兩人在比賽中仍保持聯絡的話。」

「因為在工作人員告訴作家他無法參加座談會時，他就可以得知板垣同學已經晉級了。」

「若是再觀察得更精確一點，甚至可以推測板垣同學與作弊行為毫無關係。有可能是作家知道板垣同學通過預賽後，就擅自對抽籤箱動手腳。因為除了參賽者，他是唯一同時擁有作弊動機與下手機會的人。」

但討論到這裡，問題又回到了起點。

「……不過，就算作家想讓板垣同學獲勝，他又為什麼要把七、八抽掉，換成三、四呢？」

「這就是我們想不通的地方啊。」

體型福態的處長往後靠到椅背上，使旋轉椅發出一聲慘叫。

「假設犯人是作家的確是個合理的解釋。至於調換號碼這件事，說不定其中隱藏著我們意想不到的原因。不過……」

「既然我們不知道目的，就無法斷定這是作弊事件了。」

「畢竟這也有可能只是作家一時興起的惡作劇，與板垣同學沒有任何關係嘛。作家本來就是一種想法奇特的生物……話雖如此……」

處長坐起身挺直背脊，不停拍打自己的兩隻大腿。

「如果板垣同學的獲勝確實有不公正之處，那可是件不得了的大事。說不定會動搖這場賽事的根基。德山，我們這麼做有可能是不小心打開了潘朵拉之盒啊……」

要是揭露得獎者涉及不公的事，應該會演變成足以損害賽事價值的大問題。這的確是潘朵拉之盒。

「雖然我們身為工作人員，說這種話不太對，但仔細想想，榎本同學要求停止調查，對我們而言可能是意想不到的一線生機啊。」

雖然無法坦率地認同，但不管怎麼說，我都不能再調查下去了。我與處長的討論內容只是臆測，我們今後大概也沒機會深究真相了。

「所以妳的道歉之旅是下週末嗎？真是抱歉啊，連車馬費都無法幫妳出。」

「這是基於我個人原則的行為，所以我並不介意，但請你別把它說成是道歉之旅好嗎？這樣會破壞我難得可以跟男友去旅行的樂趣。」

「哈哈，這樣啊。希望妳能夠平順地解決這件事。」

「說到這一點，為了讓榎本同學滿意，我覺得應該要做些什麼來表達我打算用自己的方式承擔責任的意思。能請你收下這個嗎？」

我從外套的內袋裡拿出了一個信封。

相田處長皺起眉頭問：「那是？」

「這是我的調職申請書。」

我一遞出信封，處長便伸手暫時收下了它。

「為了替這次比賽引起的混亂負責，我決定以後不再參與任何有關全國高中書評競賽的事務。無論那是作弊還是單純的惡作劇，都是我不夠謹慎小心造成的。我認為自己沒有資格再參與這場賽事。所以我也必須離開印刷推廣委員會。」

「這是妳仔細考慮後所下的決定嗎？」

「是的，如果不展現這種態度，榎本同學應該不會原諒我。」

對喜歡書的我而言，印刷推廣委員會的工作可說是天職。所以還沒待滿一年就必須離開這裡是個令人痛心的決定。但無法盡做自己喜歡的工作本就是社會人士的宿命。沒辦法，這不是任何人的錯，是我自己造成的。

相田處長沉吟一聲後，把信封收進了辦公桌裡。

「這封申請書我暫時替妳保管。老實說，我並不希望德山妳離開我們部門。」

「光是能聽到這句話，就已經是榮幸之至了。」

處長從椅子上站起來，如逃跑般離開辦公室。我回到自己的辦公桌前，全神貫注地埋頭工作，彷彿想擺脫愈來愈強烈的不捨之情。

後來我便在事情毫無進展的情況下迎接了京都之旅的那一天。

4

「……這就是整件事的經過。」

我說完後，和將單側手肘靠在桌上，手掌托住下巴。

「原來是這樣啊。」

我的智慧型手機放在桌上，正持續播放著某段影片。裝設在觀眾席上的攝影機錄下了全國高中書評競賽決賽的所有比賽過程，這是我請相關人員複製給我的影片檔案。我在敘述整件事的過程中不斷重複播放那段出問題的抽籤畫面，連店員送上我點的咖啡時也沒有停下來。

「所以，實希妳懷疑板垣同學或那位作家就是犯人嗎？」

聽到和將的問題，我歪頭說道：

「應該算是半信半疑吧。除了工作人員之外，能夠事先得知晉級決賽名單的確實只有那兩個人。」

「不過，這當然也有可能是深信自己已被淘汰的參賽者反過來動手腳惡整晉級的人。」

「是啊。」

我想不到有哪個人會因為籤被動了那種手腳而受益。把它視為單純的惡作劇反而更有說服力。

我喝了一口咖啡。根據我在網路上查到的資訊，這間咖啡店的咖啡味道頗受好評，這幾年造訪的客人愈來愈多。店名塔列蘭好像也是一位法國伯爵的名字，曾留下與咖啡有關的名言。我對咖啡的味道並不挑剔，但這咖啡嘗起來的確如人們所言，在明顯的苦味與濃郁口感退去後仍有淡淡回甘，非常好喝。店員的年紀看起來和我同輩，但這杯咖啡卻給我一種純熟老練的感覺。

和將似乎不太認同我與相田處長的討論內容。他摸著鏡框，提出了新的假設。

「這會不會是榎本同學的自導自演呢？」

「她為什麼要做這種事？」我忍不住笑出來。

「為了避免輸得太難看啊。其實她是個自尊心非常高的人，無論如何都不想輸掉這場比賽，但她又沒有足夠的把握可以確定自己會獲勝。所以她就對抽籤箱動手腳，事先準備輸掉比賽時的藉口和可以責備的對象。就像實際上發生的事那樣。而且如果她是犯人，也可以解釋她為何要妳停止調查。」

看來他為了替我這個女朋友說話，連心中的眼鏡都變得混濁了。雖然他這份心意讓我有點高興，但我還是一口否定了他的想法。

「我已經說過好幾次了，在那二十分鐘的休息時間裡，預賽的結果根本就還沒有出來。如果榎本同學覺得自己的表現能夠晉級決賽，卻還是以決賽可能會輸掉的前提對抽籤箱動手腳，這種參賽者心態也未免太扭曲了吧。」

「是這樣嗎？很多人都會為了保住自尊不擇手段。」

「就算真的是榎本同學自導自演好了，還是無法解釋她在決賽時為什麼會表現失常。因為只有她一個人先知道抽籤結果會引起混亂了嘛。如果她想保住自尊，最好的辦法就是直接贏得比賽，所以她不可能會在發表時故意失誤。我怎麼想都覺得她是被抽籤結果影響心情才會表現成那樣。」

「也有可能是太在意自己動手腳的事，結果自取滅亡……」

「你這叫牽強附會。認真說起來，如果只是想引起混亂，為什麼要大費周章地把七和八抽掉，再補上三和四呢？她只需要抽掉幾張籤，或是放進空白的籤就可以達成目的了吧？」

「如果籤的張數不對，工作人員可能會發現不對勁啊。她只是沒多想就抽出兩張籤，然後看到旁邊有印章，就做了兩張籤取而代之罷了，這不是什麼很費工夫的事。數字也是隨便哪個都可以，無論是被抽掉的還是做好補上的——」

和將說到這裡，突然安靜了下來。

「你怎麼了？」

「不……我只是在想，為什麼要補上三號和四號籤呢？」

「你的意思是為什麼不挑其他數字嗎？」

「不是的。」和將的眼神頓時變得銳利，「如果犯人的目的是擾亂抽籤結果，不管補上什麼數字都無所謂，甚至只放進白紙都行，但這點先暫且不提，犯人刻意製作三號和四號籤實在是很不自然。」

「我聽不太懂你的意思。」

「想也知道，犯人應該不會想讓任何人看到自己正在對抽籤箱動手腳的樣子。既然如此，盡快處理完是最好的選擇。所以會先隨便抽出兩張籤，並製作替換用的籤。那這時該怎麼做呢——如果是我的話，肯定會製作兩張數字相同的籤。」

我終於明白他想說的意思了。

「所以犯人特地更換手上的印章，製作了三號和四號籤對吧。」

「就是這樣。犯人為什麼要做這麼麻煩的事？如果只是想造成混亂，就算蓋上相同數字也辦得到。所以把這件事反過來看，結論不就是製作三號和四號籤這件事具有某種意義嗎？」

他說的話有幾分道理。如此一來就很難想像這只是個單純的惡作劇了。

「製作三號和四號籤所代表的意義究竟是什麼呢……」

「我認為和你們處長說的一樣，順位在第三或第四的人比賽時會比較有利。有沒有可能是犯人無論如何都想抽到這些數字呢？」

「我們之前已經否定過一次了，即便增加三號和四號籤，也不代表抽到順位第三或第四的機率會增加啊。」

「話是這麼說沒錯……不對，等一下，有一個辦法可以保證一定會抽到三號和四號的籤。」

我驚訝地要求他解釋給我聽。

「方法很簡單。先做好自己想抽到的數字的籤，上台時藏在手裡。然後把藏著籤的手伸進抽籤箱裡，再什麼也不做地抽出來。這樣看起來就像是抽到自己想要的數字的籤了。」

原來還有這個方法啊。我有種茅塞頓開的感覺。

「換句話說，犯人就在重複抽到三號和四號的那兩組人之中對吧。」

「因為應該也有參賽者只是照正常流程抽到了三號和四號而已嘛。不過，既然有兩張三號，就算抽到四號，上台順位也不會是第四個，說不定犯人並不知道還有其他人也對籤動了手腳。雖然也有可能是抽到四號的人想排在第五或第六順位就是了。順帶一提，因為實希妳在只剩兩張籤時檢查過抽籤箱裡面的東西了，所以後來才抽籤的G和H組預賽獲勝者也不會是犯人。」

我覺得他的推理頗有說服力。但這個說法也留下了一些疑問。

「那些抽到三號和四號籤的參賽者都沒有靠近過抽籤箱喔。」

「那就表示他們不可能自己製作籤了吧。既然是這種情況，大概也只能推測有人協助他們了。應該是某個A或B組的參賽者發現了印章和便條紙，就隨便做好幾張籤，再依據其他參賽者想抽到的數字把籤發給他們吧。」

所以是製作籤的當事人原本也打算作弊，但後來並未晉級決賽嗎？那個人也有可能實際上製作了更多籤，只是拿到籤的參賽者之中最後只有兩人晉級預賽。

「若要讓這項作弊行為產生效果，必須把發下去的籤之後的號碼從抽籤箱裡拿走，否則就毫無意義了。因為這樣順序會亂掉，製作籤的犯人就先從抽籤箱裡抽出了7和8號籤。其實最好的做法是把犯人發給別人的籤上號碼拿出來，但由於行動太過倉促，犯人來不及得知誰想要的是哪個號碼。」

「也就是說，犯人隨便拿走兩張籤，結果又正好只有兩個人晉級決賽？總覺得好像有點太湊巧了……」

「話也不能這麼說。二這個數字感覺真的很像是隨便拿走時會選擇的張數，拿到籤的人之中正好有兩人晉級的偶然情況是有可能發生的。只要犯人發出去的籤張數愈多，機率就愈高。」

換言之，涉及作弊行為的參賽者至少有三人，而且實際上還可能更多。

「如果這是事實，就會變成和獲勝的板垣同學作弊差不多，不對，甚至是更嚴重的問題……我覺得我的胃開始痛起來了。」

「唉，這畢竟只是我們的猜測罷了，沒什麼好擔心的吧，反正妳也不再參與比賽相關事務了，不是嗎？」

「你這麼說的話，我的行為所代表的意思不就改變了嗎？我又不是為了逃避才這麼做的……」

或許是我不太高興的關係，和將看了看手表後說道：

「時間快到了，我換到其他座位去吧。」

和將向店員打聲招呼後，就移動至吧台前了。我則等待著榎本同學的到來，心情變得比進入這間店時還要沉悶苦澀。

在我們約定的下午四點過了幾分後，一陣清脆的鈴鐺聲響起，有人打開了咖啡店的店門。

「榎本同學，謝謝妳今天願意抽空和我見面。」

我站起來對她低頭致意。暌違三週再次見面，榎本同學看起來似乎有些消瘦。她輕輕點頭和我打招呼，在剛才和將所坐的椅子坐了下來。

「抱歉，我太晚到了，其實我剛剛已經抵達這附近，但一直找不到店家在哪裡。」

這裡的入口的確不太好找，於是我告訴她不須介意。

我建議榎本同學點餐後，她選了拿鐵咖啡。當店員離開桌旁時，她喃喃吐出一句話：

「沒想到妳真的從東京來到這裡了。」

「是啊，但我跑這一趟並不只是為了和妳見面。」

我覺得老實告訴她這件事，或許可以讓她精神上的負擔減輕一些。接著，我主動對看起來意志消沉的榎本同學開口說道：

「請讓我再次向妳致歉。害妳遇到這次的事，我真的很抱歉。」

我深深地向她鞠躬，額頭幾乎快碰到桌面。足足過了大約十秒後，榎本同學感覺有點敷衍地拋出這句話：

「這對我來說已經無所謂了。就算妳道歉，比賽的結果也不會改變。」

這樣的回答應該不能當作是原諒吧。看來光是親自跑一趟京都是無法打動她的。我在心裡慶幸著自己並非毫無準備就前來，同時抬起頭向她報告：

「為了替這次比賽引起的混亂負責，我決定退出印刷推廣委員會。所以我不會再參與那場賽事的相關事務了。」

我說完後，榎本同學的眼裡果然浮現了一絲情緒波動。

「這樣啊……」

雖然她是高中生，但還是十分明白社會人士承擔責任的重要性。我繼續說道：

「其他工作人員應該會代替我好好籌辦比賽，如果妳不介意的話，希望妳明年還是可以放心地再次參加。榎本同學還是一年級生吧？而且妳不只在地區比賽中奪冠，又在全國比賽的預賽中表現得那麼好，下次還是有機會獲勝的，我是真的打從心底這麼想。妳可以藉由明年的比賽抹去今年的難過回憶……」

然而，榎本同學打斷我的話，並宣布了她的決定。

「明年我不會參賽，因為已經沒有意義了。」

她之前在預賽的舞台上表現得那麼亮眼，現在卻完全聽不進其他意見，讓我焦急了起來。

「怎麼會……這絕不是沒有意義的事。」

「妳不是來跟我道歉的嗎？還是說，妳的目的是想說服我明年也參加比賽？但就算我明年也參加決賽，而且介紹的書被選為冠軍書，還是無法抵銷妳所犯下的失誤啊。」

我看著她淡淡說出再正確不過的言論，內心大受打擊。因為我害一位女高中生失去對某項事物的熱忱。

看來是束手無策了。我無奈地又說了一次同樣的話。

「……我從來沒想過要用任何事來抵銷我的失誤。我只是來告訴妳兩件事，那就是我想向妳道歉，以及我願意承擔責任。」

「那些事我已經明白了，如果沒有其他事要說的話，請問我可以離開了嗎？」

我還沒回答，榎本同學就從座位上站了起來。雖然很想叫住她，但就算這麼做了，現在的我又能對她說什麼呢？

我低下頭咬住下唇，忍住了心中的失落感。這次的道歉以失敗告終。我認為我用自己的方式盡力去做了，但她並未感受到。

女店員看到榎本同學打算離開，露出吃驚的模樣。她手中的銀色托盤上放著一杯拿鐵咖啡。榎本同學連自己點的飲料都不喝，已準備離去。

她纖細白皙的手指放在黃銅製的門把上。就在她正想要打開店門的時候。

「……這樣好嗎？」

榎本同學身後傳來呼喚聲，她停下了動作。

那位女店員如此詢問榎本同學。起初我以為她是在詢問為何不喝拿鐵咖啡就離開，結果並不是。

「妳真的覺得這樣沒問題嗎？」

店員再次詢問，顯然是在向她傳達某種訊息。

榎本同學轉過頭來，臉上帶著一頭霧水的表情。這是當然的，本該是素昧平生的店員突然問了她莫名其妙的問題。

店員看起來好像很期待榎本同學會開口說些什麼。但她看到榎本同學保持沉默後，就放棄似地嘆了口氣。接著，她朝我瞥一眼，吐出令人出乎意料的話。

「我是在問妳，讓那個人承擔責任真的能讓妳滿足嗎——明明作弊的人就是妳自己。」

5

榎本同學瞪大雙眼，全身都僵住了。

「等一下，妳在說什麼啊？」我忍不住站起來質問店員。但店員的目光嚴肅到讓人難以相信她剛才的話是不負責任的指控。

「真的很抱歉，雖然知道不應該這麼做，但店裡沒有其他客人，我忍不住聽了妳們剛才所有的對話。」

「聽就聽了，這也是沒辦法的事……但妳說榎本同學作弊又是什麼意思呢？既然是局外人，請妳不要隨意插嘴亂說。」

店員似乎將我試圖保護參加比賽的榎本同學的憤怒理解成要求說明，以冷靜的語氣開口說道：

「妳們遇到的情況是抽籤箱裡的七號和八號籤被人取出，並追加了三號和四號籤對吧。為什麼犯人要做這種事呢？我們就先來談談犯人特地使用兩個印章來製作三號和四號籤的理由吧。」

我看到提出那個問題的和將在店員身後訝異地眨著眼睛。

「是犯人隨便做了好幾張籤四處發送嗎？不，答案更為單純。是因為有兩個犯人。」

她似乎想說這起事件並非單獨犯案，而是兩人同謀。

「依照常理推斷，犯人不會想讓任何人看到自己對抽籤箱動手腳，因此會希望能盡快完成目的。如果是兩個人合作製作兩張籤，自然會用到不同印章，最後結果就是各做了一張不同數字的籤。」

她的解釋讓我恍然大悟。如此簡單的事情，我之前為什麼都沒想到呢？

但我在下一秒又猛然察覺一件事。

「既然這件事是兩人同謀，那就表示……」

「應該就是新房同學和大地同學這兩位互相聲稱主張自己清白的男高中生吧。絕大多數參賽者都是到了比賽當天才第一次見面，要建立共犯關係應該很困難。」

這就是她的結論。但我決定謹慎行事。

「他們只是很可疑而已吧，妳有證據嗎？」

「妳打電話給他們的時候，新房同學還沒有聽妳詳細說明，就先強調自己是清白的對吧？」

「對，沒錯。」

「那為什麼新房同學會主張自己在休息時間有不在場證明呢？妳明明就還沒有告訴他，妳認為抽籤箱是在那段時間被動手腳的。」

我頓時恍然大悟。如果只看抽籤結果，是沒辦法斷定作弊行為是發生在那二十分鐘的休息時間裡的。

「新房同學還沒有聽妳解釋就知道了。他知道抽籤箱是在二十分鐘的休息時間裡被動手腳的。因為犯人不是別人，就是他自己。他接到妳的電話後，害怕自己遭到懷疑，便趕緊強調自己的清白。而大地同學之所以順著他的謊言回答，則有可能只是單純察覺到發生了什麼事，又或者是他們事先討論過被懷疑時該怎麼回應比較好吧。」

我想不到其他有力的說法來反駁她。這讓我覺得犯人似乎的確就是新房同學和大地同學。

「但他們為什麼要這麼做？」

「七號和八號籤被人取出，並追加了三號和四號籤，這將導致什麼事發生呢？一定會被影響的是抽到四號之後的參賽者。」

抽到一號和二號籤的人會按照原本的順序先上台發表。抽到三號的兩人是排在第三及第四，抽到四號的兩人是第五和第六，抽到五號的是第七，六號則是第八，最後一個上台。雖然無法確定，但可以推測出事情大致上會如此發展。

「正如妳的處長所言，一般人的想法應該都會盡量避免最後上台。新房同學他們拿出後面號碼的籤，再追加前面號碼的籤，硬是把抽到六號的參賽者擠到了沒人想要的最後順位去。」

我看向榎本同學。她沒有說話，但臉色十分蒼白。

「為什麼他們要這麼做……他們根本不可能知道誰會抽到六號籤，不是嗎？」

「他們還是知道了，因為榎本同學早已在那時抽出了六號籤。」

我終於明白店員剛才的指控所代表的意思，那正是榎本同學的作弊行為。

「我想榎本同學在預賽發表後應該覺得自己很有勝算。就在這時，她發現本部裡放著沒人看管的抽籤箱。雖然這麼說有點老套，但大概是那時有惡魔在她耳邊低語吧——只要事先抽出妳想要的籤握在手裡，再假裝那是從抽籤箱裡拿出來的，展示給大家看就好。」

這個作弊方法和剛才和將想到的一樣。但我沒料到使用這方法的並不是抽到三號和四號籤的參賽者，而是榎本同學。

「榎本同學介紹的是與數字有關的書對吧。事先確定上台發表的順序可以為她帶來很大的優勢。」

店員提醒了我這一點。預賽時排在第三順位的榎本同學的確是成功地把三這個數字融入了發表內容中。

「榎本同學希望自己可以排在第六順位，所以就從抽籤箱中找出六號籤並私藏了起來。她認為只是少一張籤的話，工作人員應該不會注意到。但她的行為卻被新房同學他們看見了。」

如果店員的推理內容是錯誤的，我希望她能夠開口否認。但即使到了這個地步，榎本同學卻仍舊緊閉著雙唇。

「新房同學他們是這麼想的：『榎本同學好像對抽籤箱動了什麼手腳。如果我們在預賽中真的輸給榎本同學，那也是沒辦法的事，但不能就這樣讓她靠作弊在決賽中獲勝。我們來阻止她吧。』於是他們檢查抽籤箱，發現六號籤不見後，看穿了榎本同學的企圖，便動腦想出這個辦法，讓她變成最後一個上台，而非第六順位。」

這麼做呈現出來的就是七號和八號籤消失，由第二張三號和四號籤取而代之的那種混亂至極的抽籤結果。

我開始半信半疑，認為店員的推理可能是正確的。但我還是表達了仍未獲得解答的疑惑。

「在中場休息時，榎本同學還沒有確定自己是否晉級。她會只因為好像有勝算就試圖作弊嗎？」

「關於這一點，只要想像一下榎本同學在預賽時晉級失敗的情況就知道答案了。你們仍舊用抽籤決定順序，當G組的預賽晉級者抽到第七張籤時，抽籤箱就空了。然後你們會請大家先把籤都打開來看，結果發現少了六號。那沒有抽到籤的H組預賽晉級者就會自動分配為第六順位。大部分的人只會覺得是工作人員忘記放入六號籤，不會引發任何混亂。也就是說，即使榎本同學晉級失敗，她的作弊對比賽也不會有什麼特別的影響。」

反過來說，如果榎本同學能夠晉級，這麼做應該可以保證她拿到第六順位。只要不被發現就沒有風險，而且好處多多。也難怪榎本同學會認為自己沒有不作弊這個選擇。

「影片裡也很清楚地拍到了喔，榎本同學在抽籤前被叫上台時，暗藏籤紙的那隻手一直緊握著沒有鬆開。」

店員送咖啡過來時，目光似乎也在我的手機上停留了一下。即使沒有查看影片，我也還記得榎本同學當時沒拿著書的手是緊緊握住的。原來那不是因為緊張，而是她偷偷把六號籤藏在手裡。

「榎本同學之所以要妳停止調查，應該也是因為在抽籤過程引起混亂的那一刻，她就察覺到有人目睹自己的作弊行為了。如果妳找到犯人，她所做的事情也會跟著曝光。」

新房同學和大地同學肯定會成為指認她作弊的證人，榎本同學已經沒有其他藉口可以逃避了。

「榎本同學，這是真的嗎？」

即便如此，我還是給了榎本同學反駁的機會。她什麼也沒回答，但臉上泫然欲泣的表情已經跟認罪了沒兩樣。

我絞盡腦汁三週仍看不清的真相，這位店員卻只聽過一次來龍去脈就推測出來了。這個人究竟是何方神聖？心裡甚至浮現些許敬畏之情的我對她問道：

「為什麼妳這個和事件毫無關係的人……會站出來揭發榎本同學的作弊行為呢？」

結果她並未看向我，而是對著榎本同學開口說道：

「我活得比妳稍微久了一點，所以可以想像得到：如果這個人為這次引發的混亂負責，不再擔任比賽工作人員，或許妳的心情的確會舒暢許多。但這恐怕只是一時的痛快。」

榎本同學面露懼色，但目光一直沒有離開店員身上。

「因為妳的作弊，使這個人不得不放棄當工作人員這件事，肯定會在妳心裡的某處留下疙瘩。隨著時間經過，妳對書評競賽的印象將逐漸變成一段十分痛苦的回憶——明明妳那麼努力地準備和練習，不只在地區比賽中獲勝，還打進全國比賽的決賽。說不定連妳原本非常喜歡的閱讀興趣，也會變成妳討厭的東西。」

所以這位店員就無法繼續保持沉默了。

「如果妳就這樣回去，我覺得事情將再也無法挽回。我很擔心這是妳最後一次能在那個人放棄當工作人員之前向她坦白真相的機會，就忍不住開口質問妳是否真的覺得這樣沒問題。」

榎本同學低下了頭。她以像是用盡全力擠出來的聲音說道：

「……我的奶奶得了癌症。聽說可能只剩不到一年可活。」

她正在試圖解釋自己作弊的動機。這表示店員的勸說打動了榎本同學的心。

「我小的時候個性十分內向，在學校完全交不到朋友，一直覺得很孤獨。在那個時候，奶奶買了一本書給我。我十分投入地翻開來閱讀，迅速讀完一本之後，又拜託奶奶再買下一本書給我。我就是這樣在不知不覺間愛上閱讀的。」

閱讀似乎成功彌補了榎本同學缺乏朋友的孤獨感。

「現在的我已經能夠交到朋友了，但我還是一直很感謝我的奶奶。所以奶奶被診斷出得了癌症後，我想趁她還活著的時候盡量報答她，然後就在這時，我知道了全國高中書評競賽這項比賽。」

榎本同學立刻就決定要參加比賽。

「我無論如何都想拿到冠軍。我想趁奶奶還活著的時候告訴她，我是因為奶奶才會喜歡上閱讀，並且在這種比賽中獲勝的。所以就算我其實不擅長在大眾面前發表演說，還是盡了最大的努力在地區比賽中獲勝，並晉級到全國比賽的決賽。」

——明年我不會參賽，因為已經沒有意義了。

我想起了榎本同學曾說過的這句話。等到明年的比賽舉辦時，奶奶應該已經不在這世上了。原來那句話就是在表達她的這種想法。

「……我準備了一個和數字六有關，很特別的趣聞。」

榎本同學以充滿悔恨的顫抖聲音繼續說道：

「只要把那個趣聞放進演講內容裡，我可以保證觀眾一定會聽得很開心，所以無論如何都想抽到第六號。如果沒看到無人看管的抽籤箱放在那邊，我應該會趁中午的休息時間仔細重看那本書，做好萬全準備，讓自己不管抽到什麼數字都有辦法應對。但是當我用作弊的方式先抽到六號籤時，就覺得自己沒必要這麼做了。我只想著要說出那個與六有關的故事，結果就懶得再重看一次書了。」

據榎本同學所言，她其實曾看到新房同學他們接近抽籤箱。

「我那時還不確定他們是否真的看到我作弊。我很擔心他們也對抽籤箱動了手腳，但還來不及確認內容物，工作人員就回來了。他們應該不至於去動手腳——也有可能只是我心裡如此期望罷了，總而言之，為了避免再有人靠近抽籤箱，我便要求工作人員改善管理措施，渾然不知道抽籤箱裡已經變成那種情況了。」

結果榎本同學雖然擁有六號籤，卻還是變成第八順位，最後一個上台。她無法說出那個與六有關的故事，在上台後浪費了許多時間，而且更重要的是，她察覺到有人似乎看見了她的作弊行為，內心惶惶不安，最後演說以失敗告終。

「但妳抽到的籤仍是六號，為什麼不直接說出那個六的趣聞就好呢？」

我如此詢問後，榎本同學無力地搖搖頭。

「因為我很害怕。我明明是排在八號，卻說了六的故事，這種異樣感可能會讓人看穿我的作弊行為。那時的我實在沒辦法保持冷靜。就算說了六的故事，應該也沒辦法好好表現。」

接著，店內便響起了她吸鼻子的聲音。

我心想，疏於管理抽籤箱的我確實有錯。但抽籤時的混亂情況是因為榎本同學作弊才引起的。即便如此，我還是來到京都直接向她道歉，而且至今仍試圖承擔責任並退出印刷推廣委員會。就算知道她所背負的苦衷，心中還是難免感到憤怒。我現在身為一個成年人，又曾是她參加的比賽的工作人員，應該要展現出什麼樣的態度才對呢？

我從餐桌席起身，走到榎本同學身旁。當我看到她以恐懼的眼神盯著我時，我很自然地脫口說出了這句話：

「就算妳沒有拿到冠軍，我想妳奶奶也會為妳感到驕傲的。」

正因為我是工作人員，也親眼見證了比賽的始末，所以才會忍不住這麼說。我想告訴她，在那場比賽中，肯定有比是否獲得冠軍更重要的事情。

碩大的淚滴自榎本同學的雙眼中滿溢而出。

「對不起。真的很對不起……」

「這件事我也有錯，因為我的管理不周，害妳變成了壞人。所以請妳不要再道歉了。」

她雖然不停抽泣，還是對我說了這句話。

「明年我還可以再參加比賽嗎？」

我很高興地說道：

「當然可以。我們不會追究妳這次做的事。如果深具實力的妳願意參賽，比賽過程肯定又會跟這次一樣精采。明年妳一定要正大光明地競爭，無論那時奶奶是否還在世，都要留下能夠好好向她報告的成果喔。」

我說完後便輕撫她的背。當我不經意地移開視線時，看見店員臉上正掛著溫柔的微笑。

6

「妳自己都決定扛下責任不再當工作人員了，卻對她說那種話，這樣的處置還真是寬容呢。」和將回到原本待的餐桌席後，以調侃似的語氣對我說道。榎本同學早已回去了，店內洋溢著輕鬆悠閒的氣氛。

為了以防萬一，我取得店員許可後，就打電話給新房同學，確認他們是否對抽籤箱動了手腳。我一提到榎本同學已坦承自己作弊，他就爽快地承認那些事是他做的了。

「我希望你們可以直接告訴工作人員，而不是去動那種手腳。」

當我明確地如此告訴他後，新房同學便有些難為情地說道：

「雖然我不太高興她沒有遭受懲罰，但我其實也不想看到事情演變成她因此失去比賽資格，換成別人通過預賽。畢竟看完榎本同學在預賽的表現後，也覺得她會晉級是理所當然的。我們只是希望她能夠和其他晉級決賽的參賽者以相同的條件競爭而已。」

身為曾在預賽時與她交手的人，他們似乎是在敬佩及責備榎本同學的兩種心情中搖擺不定，最後才會採取那種行為。於是我表示這次也不會追究他們做的事，但強調下不為例，然後就掛斷了電話。

我對和將說的話感到有些害羞，開口說道：

「我認為閱讀這種行為，可以接觸自己以外的許多人的人生、想法、感受和價值觀，並且得知只靠自己的人生經歷絕對無法學習到的事情。那肯定能讓人接受人與人之間的差異及多樣性，並保持開放的心胸。」

「嗯，我也這麼認為。」

「既然如此，曾經擔任閱讀比賽工作人員的我，在這時選擇當一個榜樣應該是具有意義的吧。我其實可以輕易地用嚴厲的方式對待她，但我覺得現在先原諒她，不要摧毀她對閱讀的喜愛，會對她更有幫助。」

和將深感認同地點了兩次頭，然後說道：

「我現在真的很慶幸自己能夠和妳交往。」

「我之所以能這麼做，也要歸功於你勸我再重新思考一次，謝謝你。」

「不客氣，雖然我其實根本沒幫上什麼忙。」

沒錯，這全都是那位女性店員的功勞。那位店員在這時用托盤端著某個東西走過來。

「這是我請你們的。」

她在我與和將面前各放了一小杯咖啡。

「這是？」

「這是阿拉伯咖啡。阿拉伯國家的人經常喝這種咖啡。」

據說這種咖啡的沖煮方式和我們平時喝的咖啡不同。好像是把磨成粉的咖啡豆和水放進一種叫「Ibrik」的附握把的小壺裡，在煮沸後飲用上面清澄的咖啡液。這種咖啡和土耳其咖啡基本上是一樣的，但在阿拉伯國家好像經常使用小豆蔻來提味，眼前的杯子裡也飄出一股混雜在咖啡香裡的清爽小豆蔻香氣。

「阿拉伯咖啡在二〇一五年被聯合國教科文組織登錄為無形文化資產。有個習俗是用它來款待貝都因人[1]訪客，人們好像大多是藉由『阿拉伯咖啡是寬容的象徵』這句俗語來認識它的。」

「寬容的象徵……」

「我認為這是現在最適合兩位客人享用的飲品。」

店員這麼說道，臉上露出微笑。

我拿起杯子喝了一口。裡面似乎放了糖，在苦味之下還嘗得出一絲甘甜。這是一種和我所知的咖啡截然不同的飲品，但我覺得也別有一番滋味。

「嗯，味道還不賴。」

坐在我對面的和將也一臉滿意。

「像這些知識，換句話說就是樂於保有寬容之心的異國美好文化，也是我從書本上學來的。喜歡書的榎本同學以後一定還會閱讀各式各樣的書，學到更多東西，並且逐漸成長吧。」

我認同店員所說的話。

「是啊，我希望自己能夠盡量協助那些年輕人。」

就在這時，和將指著我的手機說道：

「那妳現在該做的就只有一件事了吧。」

我察覺到他想表達的意思，手伸向了手機。我撥打電話後，才響了幾聲，相田處長就接起來了。

「哎呀，德山，有什麼事嗎？」

---

1 貝都因人，在沙漠過著游牧生活的阿拉伯人。「貝都因」在阿拉伯語中意指「居住在沙漠的人」。

我深吸了一口氣後說道：

「請讓我收回調職申請。我想要繼續在印刷推廣委員會工作。」

處長在電話另一頭輕笑了一下。

「沒問題，妳今後也要好好努力喔。」

「謝謝你！」

明知道他看不見，但我還是低頭鞠躬了。和將及店員則用掌聲為我祝賀。

看來我回到東京後可能會變得更加忙碌。我在心中如此預測，燃起前所未有的使命感。

聽不見的歌聲

一打開咖啡店的大門，一張令人懷念的臉便轉過來望向我。

「歡迎光臨。」

她的反應看起來就像個一般店員，害我差點大失所望，但我馬上就想起自己戴著墨鏡。我摘下墨鏡，對她微笑。

「切間同學，好久不見了。妳還記得我是誰嗎？」

切間美星站在吧台後方，雙手摀著嘴，露出有些刻意的驚訝表情。

她的這種小動作從以前就老是讓我覺得很火大。我想起這件事，苦笑了起來。

「妳是峰岸同學對吧，我嚇了一大跳。」

「這樣啊，原來妳還記得我，太好了。」

「我當然還記得啊。我們高中畢業後就沒見過面，所以是隔了七年？我真的沒想到妳會來這裡找我。」

「我因為工作剛好來到附近，就順便繞過來看看了。我聽其他同學說切間同學在京都的咖啡店工作。」

我環顧這間名叫塔列蘭的咖啡店。一位看起來像店員的老爺爺明明應該是店員，卻坐在角落的椅子上打瞌睡。這間店可能沒什麼知名度，明明是周末，客人只有吧台前一位留著棕色短髮的同輩女性。

我聽到那位女性邊看著我邊低聲對切間說話。

「喂，美星，那個人是……」

「小晶，我來介紹一下吧，這位是峰岸沙羅小姐。她是我的同學。」

「妳好，我是峰岸。」

「很高興認識妳，我是水山晶子。我和美星是大學同學。」

她們兩人的關係看起來很親密，但切間似乎沒有跟水山說過我的事情。這讓我心中產生一股奇妙的感慨，既覺得有點受傷，又感到鬆一口氣。

切間走過來詢問我是否可以坐在吧台前。因為我是來見她的，當然是請她讓我坐在那裡。我看到腳邊有一隻貓，有些驚訝，但我不討厭動物，所以沒有排斥感。

畢竟這是一間以咖啡為賣點的店，我乖乖地點了熱咖啡。當切間煮好咖啡送上來時，我向她搭話道：

「我們難得見面，要不要聊聊以前的事情？」

「當然可以啊，我現在也有空。」

「其實有件事我一直放在心上。」

切間眨了眨眼說：「一直放在心上的事？」

「我一開始和切間同學同班的時候，其實並不喜歡妳。」

「嗯，這我知道。」

切間露出苦笑。我感覺到與我隔著兩個座位的水山正在戒備我。

「不過，後來因為某件事，我改變了想法。我想談的就是那時的事……」

我端起咖啡送到嘴邊。當我鬆了一口氣時，才發現自己剛才竟一反常態地相當緊張。切間默默地示意我繼續說，我便邊回想高中時的記憶，邊說了起來。

那是我成為高中生後度過的第一年結束時，在春假發生的事。

我當時正在家鄉的一間購物中心裡。那裡有超市、服飾及雜貨專賣店，還有醫院、電影院、開設英語會話教室和卡拉ＯＫ教室的文化中心等，是個聚集各種店鋪及服務的巨大商業設施。因為地處郊區，離我家有點遠，我是自己搭乘公車前往那裡的。

當我察覺到說話聲並轉頭查看時，我正注視著一塊布告欄，那上面貼著下個月要舉行的各種活動海報，例如當地的祭典或是由藝人經紀公司主辦的歌手試鏡等等。

「……美星妳就是因為這樣才老是被男生捉弄啦。」

「咦？是這樣嗎？」

「喂，妳們肚子餓不餓啊？我們找個地方喝茶吧。」

「好啊，美食街有一間可麗餅店……」

我看到三個明明放春假卻穿著制服的女高中生正朝著我的方向走來。她們穿的制服和我平常穿的一樣，仔細一看，都是我知道的臉孔。

其中一個人注意到我，有些匆忙地跑了過來。

「妳好，峰岸同學。竟然在這種地方見到妳，好巧喔。」

切間美星。她和我同年級，所以我知道她的長相和名字。但是高一時我們不同班，從來沒有認真交談過。話雖如此，她並沒有無視我。

她就是這樣的女生。雖然我們不同班，但我就是知道。切間美星不會排斥別人，對任何人都一視同仁，長得既嬌小又可愛，雖然有點少根筋，但反而是她的一種魅力。她應該不是刻意營造出這種形象，而是個只要自然而然地生活，就會受到人們喜愛的女孩。

我曾經很討厭切間這種人，而且沒有什麼明確的理由。她和我這種光是自然而然地活著，就很容易跟周遭的人起衝突的人難以相容，只是如此罷了。我看到她就是會莫名覺得火大。

我含糊地點點頭，回應切間的問候。我的態度差到即使惹毛人也不奇怪，但切間並不在意。

「峰岸同學，妳是一個人嗎？」

「是這樣沒錯。」

「我們現在要去吃可麗餅，峰岸同學不介意的話，要不要一起吃？」

我看到站在切間後方的兩個女生露出困惑的表情。她們也和我同年級。但與切間不同，她們態度較拘謹。即使不討厭我，似乎也不想主動和我有所牽扯。

如果刻意跟著走讓她們感到困擾，或許會很有趣，我的腦中瞬間閃過這個想法，但當然還是搖頭拒絕了。

「我不去，我是來這裡辦事的。」

這既是事實，也是謊言。我的事情早就已經辦完了。

切間露出看起來十分失望的表情後，

「這樣啊，那我們之後在學校見了。」

便留下這句話並離開了。另外兩個女生則小聲地針對我說了些什麼話。可能是「不要這麼自私好不好」或是「那傢伙感覺真差」吧。

我一點都不在乎。我轉身背對她們，走向公車站準備搭車回家。

開學典禮的日子到來，我升上高二。

當我在接下來一年要使用的教室裡、坐在自己座位上發呆時，切間走過來對我說：

「峰岸同學，從今天開始我們就是同班同學了呢，還請妳多多指教。」

她臉上帶著純真的笑容。看來我們不巧分到了同一班。

但她其實並不是只對我一個人特別友好。切間對每個人都是這種態度。即使如此，我還是不太敢無視她，所以就低聲回應了：

「請多指教。」

切間似乎很滿意我的回答，走向和她感情不錯的朋友。結果那天我交談過的同班同學就只有她一人。

我的母校在每年五月初都會舉辦文化祭。目的大概是想在這個剛分班不久的時候，藉由準備文化祭和正式表演來加深班上同學間的情誼。二年級生除了擺攤之外，還要參加全班級互相競爭的合唱比賽。

光是利用音樂課的時間練習還不夠，連放學後及清晨，甚至是假日都要排練。我一點都不在乎合唱比賽的成績，但我不想引人注目，姑且還是認真參加了排練。現在回想起來，我當時應該要多少偷懶幾次不去才對。但我在這種事情上就是沒那麼機靈。

在距離文化祭典只剩兩週的某個週五放學後，當還沒有加入社團的我開始收東西準備回家時，擔任合唱團指揮的男生拍了拍手說道：

「今天我們也要練習合唱喔！請大家在黑板前排好隊伍！」

我心裡暗叫不妙。只有那天我無論如何都不想開口唱歌。

於是我打算偷偷溜回家。但當我正要離開教室時，有人抓住我的手臂。

「峰岸同學，妳也一起來練習吧。」

是切間。她的動作十分輕柔，與其說在責備我試圖逃跑，更像是想把走錯路的人帶回來。

我嘖了一聲，思索自己是否該甩開她的手。但是那時教室裡有不少同學都在看著我們，我不想把事情鬧大就放棄了。我就這樣在切間身旁排好隊，開始練習合唱。

在無可奈何之下，我決定配合ＣＤ播放器播出的鋼琴伴奏對嘴假唱。班上同學有四十人，我以為這麼做不會被發現。但是經過大約三十分鐘後，擔任指揮的男生突然喊了我的名字。

「峰岸同學，可以請妳好好唱嗎？」

我陷入沉默。那個男生繼續指責我。

「妳只有嘴巴一直在動，沒有真的唱吧？而且妳剛才還打算回家，我覺得這樣不太好。」

看來在我被切間抓住手臂之後，他就盯上我了。

其實我本來就非常討厭這種強制要求全班同學聚在一起的學校活動。這種事應該讓想做的人自己去做就好。我又不會打擾其他人，他們大可放著我不管。我很清楚自己這種個性交不太到朋友，也知道我因為做任何事都無法樂在其中，吃了很多虧，但我沒有勇氣爭取不做的自由，一直以來都選擇即使心裡感到不耐煩，還是默默忍耐下去的做法。

總而言之，我得想辦法躲過眼前這場危機才行。我深吸一口氣後解釋道：

「對不起。我好像有點感冒，喉嚨在痛。」

但另一個女生立刻插嘴說：

「她在說謊。峰岸同學，妳今天午休時明明就在音樂室唱了歌吧。雖然我只是剛好路過聽到聲音，但聽起來並不像喉嚨狀況不好。」

原來她聽到了。我咬住下唇。

在這個班級裡，沒有學生願意替我說話。這是我自己不積極結交朋友造成的後果。

「妳為什麼不認真唱呢？如果妳有什麼理由，可以解釋給我們聽嗎？」

擔任指揮的男生再次追問，我低下了頭。我死也不想說出真正的理由。但是除此之外，似乎也沒有其他能脫險的辦法——

就在我這麼想的時候。

「是我叫她不要唱出聲音來的。」

從我的身旁傳來了這麼一句話。

「切間同學，妳這句話是什麼意思？」

擔任指揮的男生質問道。切間瞥了我一眼，一臉若無其事地繼續往下說：

「我就直接了當地說了，峰岸同學其實是個音痴。我就拜託峰岸同學唱歌時不要太大聲，否則我也會跟著唱不準。結果峰岸同學卻想蹺掉練習回家，所以我才會拉住她，要她別因為不能唱出聲音就想偷懶。」

簡直是一派胡言。切間根本沒有跟我說過半句這樣的話。

提到音樂室那件事的女生有些不知所措地反駁道：

「可是峰岸同學，妳在午休唱歌時聽起來並不像音痴啊……」

「就是因為她是音痴，才會在午休練習唱歌啊。合唱曲她好像練得還不夠，所以還沒辦法唱。妳會在正式演出前好好練習，讓自己不會唱走音對吧？」

切間突然這麼問我，我忍不住點了點頭。照理說周遭的眾人會覺得切間對我說的話聽起來很過分，但可能是她的個人形象讓大家不會覺得很嚴厲吧。因此沒有任何人開口譴責切間。

「既然是這樣……好吧，畢竟音痴也不是妳的錯。只要妳今後願意好好練習，今天就不用開口唱了。」

大概是想避免合唱的一致性被擾亂吧，擔任指揮的男生允許我不唱了。於是我繼續對嘴假唱，那天的排練則在大約一小時後結束。

當同學們開始各自散去準備回家時，我抓住切間，拖著她走到空蕩蕩的走廊上。

「妳到底想做什麼？我猜妳大概是想幫我，但那樣隨口胡說也不對吧。」

聽到我的質問，切間感覺有些傷腦筋地笑著說：

「因為峰岸同學妳是被我阻止離開才會陷入困境的，我覺得我也有責任，所以就……」

「只是因為同情我？與其讓大家允許我對嘴假唱，妳還不如一開始就不要阻止我離開。」

「真是對不起，我以為讓妳參加練習是個好主意。這樣或許能讓妳更快融入班級。」

「妳這是多管閒事。」

「妳說得一點都沒錯。不過我在過程中明白了一件事。那就是峰岸同學妳不唱歌的理由。」

我沒想到她會這麼說，氣勢稍微弱了下來。

「妳知道我為什麼不唱歌？」

切間肯定地點點頭，說出了答案。

「峰岸同學，妳打算參加明天舉辦的歌手試鏡對吧？」

我頓時啞口無言，她說得完全沒錯。

「所以我猜測妳為了調整喉嚨狀況，想盡量減少非必要的歌唱機會……」

「等等，妳為什麼會知道我報名參加明天的歌手試鏡？」

切間發現她的想法似乎是對的，看起來鬆了一口氣。

「我們春假時曾在購物中心巧遇過對吧。那時峰岸同學妳正盯著布告欄看。我還記得上面貼著一張海報，內容是募集歌手試鏡的參加者。然後舉辦日期好像就是明天。」

「妳只靠這些事就猜到了？」

「那個購物中心裡的文化中心開設了卡拉ＯＫ教室，對吧？我覺得那張試鏡海報或許也是想順便吸引在那裡上課的學生報名。我就想，峰岸同學大概是因為在那間卡拉ＯＫ教室上課，才會去那裡吧。」

「妳知道我去上課？」

「我不知道啊，我只是這麼想像而已。」

我開始對侃侃而談的切間感到有些害怕。

「妳之所以在午休時練習唱歌，也是為了明天正式上場準備吧。既然如此，妳應該更不想因為合唱練習這種事害喉嚨更疲勞才對。」

「妳是注意到這點才幫我說話的吧？」

「嗯，因為峰岸同學堅持今天就是不唱歌的理由，我只想得到這個。要是今天的合唱練習害妳明天試鏡結果不理想，妳應該會埋怨阻止妳離開的我，我才會那麼做。」

我嘆了一口氣。沒想到平常態度看起來十分自然的切間，內心竟然還隱藏著這麼敏銳的觀察力。

看來已經不需要再繼續對她隱瞞了吧。我開口說道：

「我從小就夢想當歌手。所以我去上卡拉ＯＫ教室，一直在練習唱歌。明天的試鏡規模一點都不算大。畢竟他們連這種鄉下地方的購物中心都來貼海報了。但也因為這樣，我覺得自己有機會。我把希望賭在這次的試鏡上。」

「但妳沒辦法在大家面前解釋這件事，對吧？」

「像我這種連朋友都沒有的女生，要是說自己嚮往當歌手，不知道會被大家嘲笑得多難聽。我想成為有名的歌手，給那些過去對我冷眼相待的傢伙一點顏色瞧瞧。所以在我真的成為歌手之前，不想公開這個夢想。」

切間又再次露出了有些傷腦筋的表情。

「峰岸同學，大家其實並沒有妳所想的那麼討厭妳喔。」

「人見人愛的妳說這種話，我起來只會覺得是在諷刺。」

「峰岸同學妳是為了給某人一點顏色瞧瞧才唱歌的嗎？不是為了帶給其他人感動？」

我一時語塞。

「我願意支持認真努力的妳，但如果妳的努力最後只是用來讓某個人服氣，那我想收回我的支持。因為我覺得唱歌並不是這樣的東西。」

我沉默不語了好一陣子。結果切間很明顯地慌張了起來，我漸漸覺得有點好笑。

「所以妳不會有這種想讓某個人服氣的心情嗎？」

「倒也不是這樣啦……」

「不過，也對。雖然很不甘心，但妳說得沒錯。老實說，被人拿著大道理說教是滿讓人火大的，但也不能忘記妳剛才幫助我的恩情嘛。」

我將手放在切間的肩膀上。

「謝謝妳。託妳的福，我應該能以完美的狀態去參加明天的試鏡。」

「如果是那樣就好……」

「放心吧，我不會再抱著要給某人一點顏色瞧瞧的想法唱歌了。」

切間聽到這句話後，笑容才終於重返臉上。

「嗯，要加油喔。」

——自那天之後，我便對切間改觀，開始願意對她敞開心胸了。

「……後來我通過隔天的試鏡，開始踏上職業歌手之路。然後就一直唱到現在了。」

我一這麼說，水山就按捺不住似地開口了：

「妳果然是SALA小姐對吧。我剛剛就在想好像看過妳。」

SALA是我從事歌手活動時用的名字。我還算受歡迎，也上過無線電視的音樂節目，會有人認得我的臉並不奇怪。這就是我平常總是戴著太陽眼鏡的原因。

「我高中一畢業，就覺得峰岸同學好像去了離我很遙遠的世界。雖然我從未主動聯絡過妳，但我從那天起就一直很支持妳喔。」

切間擦著餐具，露出微笑。她看起來和高中時有些不一樣。與其說變得成熟，不如說感覺帶有一絲陰影。她大概也累積了各種我所不知道的經歷吧。

「所以……妳一直放在心上的事是什麼？」

切間將話題又引導了回來。我今天就是為了確認這件事才來到這裡的。

「我覺得切間同學妳應該有些地方比其他人還敏銳，即便如此，當我回想起來時，還是覺得有點奇怪。」

「奇怪？」

「妳說妳看見海報，所以記得試鏡的事情，到這裡我都還能夠理解。但是連日期都記得就很奇怪了吧。為什麼妳那時連這種事都想得起來呢？」

當時切間展現出來的敏銳度太令人震驚，因此這些細節就變得無關緊要。但隨著時間經過，我愈來愈覺得那種情況已經脫離觀察敏銳的範圍。

「切間同學，快告訴我妳用了什麼方法吧。妳其實還知道些什麼吧？」

我朝著吧台往前探出身子說道。結果切間便苦笑了起來。

「什麼嘛，原來是問這個啊……算了，事到如今也沒什麼好隱瞞的吧。」

「妳指的隱瞞是？」

「答案很簡單，因為我其實也報名了這場試鏡。」

我驚訝到下巴差點掉下來。

「美星，妳曾經想過要當歌手嗎？我從來沒聽妳說過耶。」

水山大笑了起來。切間的臉則變得有點紅。

「我只是以前稍微想過而已啦……因為我很喜歡唱歌。而且我覺得自己算是唱得還不錯……就忍不住夢想自己或許能通過試鏡，成為歌手。反正就是年輕時的衝動想法啦。」

「但切間同學妳不是沒有出現在試鏡會場上嗎？」

「後來我放棄參賽了。」

「為什麼要放棄？再說，妳發現了我的夢想，自己的事卻一個字都沒提，這樣太不公平了吧？」

「我說不出口啊。」

切間從正面注視著我的臉。聽完她接下來說的話，我才知道她其實也以另一種有別於我的方式在認真看待這件事。

「因為我對自己渺小的夢想感到很羞愧——在看到有人如此認真，只因隔天要試鏡，就連合唱練習都不肯參加之後。」

蜜月悲劇

1

「可以請妳再將整件事從頭敘述一遍嗎？」

三浦真琴坐在咖啡店的餐桌席上，轉了轉右手拿著的筆。

對面的座位坐著一位女性，今天是她們兩人第一次見面。對方說自己二十八歲，但就算估得年輕一點，看起來也比實際年齡老五歲。她感覺有些神經質，與略顯豐滿的身材不太相稱，臉上表情很陰沉，不管是身上穿的米色碎花連身裙，還是旁邊椅子上的包包繫著白色護身符的模樣，看起來都莫名庸俗。

這裡是京都市內的咖啡店。時間是五月下旬的週日下午三點。真琴目前正在與女性受訪者面對面交談。

真琴是東京出版社發行的超自然主題月刊雜誌《TONANO》的主編。她平時在東京活動，不只忙著編製雜誌，也會不時活用自己豐富的知識，出現在各種媒體上，但由於編輯部是由少數能幹成員負責運作，遇到感興趣的題材時，像這樣由主編親自前往採訪的情況並不少見。

雖然這樣的敘述感覺只強調她繁忙的一面，不過真琴很喜歡這份工作。她自己打從心底熱愛著超自然現象，等於是把興趣變成了賺錢的工作，雖然在過程中難免歷經一些波折，但現在的她覺得世上再也沒有比這更幸福的生活，也認為自己找到了天職。

她自年輕時就對超自然現象很感興趣。然而這項興趣要獲得周遭人們的理解並不容易，尤其是對視為戀愛對象的異性表明自己的超自然興趣時，大部分人不是如退潮般嚇得跑走，就是試圖以現代科學知識（而且往往十分淺薄）來反駁。她在不知不覺中成為編輯部裡職位最高的人，而且即將以未婚身分在今年邁入四十歲。

雖然她在二十幾歲時曾任職於其他出版社，但因某事離職後精神狀況出了問題，無法繼續工作。在這段連自己是生是死都無法確定的日子中，她開始向一直喜愛的超自然現象尋求救贖，嘗試靈體脫離實驗及國外製草藥等各種方式、寫成心得文發表到網頁上後，引來TONANO編輯部的注意，接著就被招攬進去工作了。在那之後，她的工作表現如魚得水，如獅子般勤奮勇猛，沒過多久就升到主編的位置。

這次採訪的起源是一封寄到TONANO編輯部的信。

真琴讀完那封信後，認為若上面寫的內容數實，應該是個足以引起人們興致的事件。她便決定特地前往寄信人居住的京都，直接聽聽對方怎麼說。

這間隱藏在古老民宅後方、彷彿刻意避人耳目經營的咖啡店，是真琴指定的採訪地點。寄件人曾在信中提到自己喜歡咖啡，她便找了位於京都市內以美味咖啡聞名的店家。她原本還有點擔心店家位置不太好找，不過這裡距離對方居住的京都市左京區很近，實際造訪後發現店內氣氛也還算不錯。內部裝潢很復古，座位之間保有一定距離也是優點之一。女性店員獨自在店裡來回招呼客人，有個老人——那是店裡的員工嗎？——正在角落看著報紙。仔細一看，還有一隻暹羅貓蜷縮在窗邊睡覺。

信件的寄件人——加納七惠喝了一口店員端來的咖啡，開口說道：

「我姊姊和她丈夫是在距今約半個月前，也就是五月的第一個週六時出車禍的。」

「所以那天就是……」

七惠對真琴的確認點了點頭。

「是的——就是他們兩人出發去度蜜月的當天早上。」

2

養育我們姊妹長大的老家位於大阪市內。

如妳所見，我從小就很胖，臉也長得不太可愛。之前也跟妳說過，我今年已經滿二十八歲了，但從出生到現在，我都沒有正式交往的情人。

可是大我兩歲的姊姊海鈴與我不同，是個可愛的女生。明明沒做什麼特別的事，不管異性或同性卻都很喜歡她，也讓身為妹妹的我有段時間心裡頗不是滋味。不過我們姊妹的感情一直都很好。姊姊總是很疼愛我這個妹妹，我也對受歡迎的姊姊感到驕傲，毫無疑問地認為她將來肯定會和十分出色的男性結婚。

而我姊姊後來也終於在滿三十歲的今年結婚了。

對方的名字是臼井太一。他們開始交往後不久，我們三人就曾在姊姊的介紹下一起吃過飯。他是個體貼又老實的男人。

婚禮在上個月底於兩人居住的大阪市內的教堂舉行。那真的是一場非常美好的婚禮。姊姊和太一姊夫看起來也宛如置身於絕頂幸福之中。

他們夫妻倆預計在婚禮結束的一週後去夏威夷度蜜月。

我有生以來從沒出過國，很羨慕姊姊可以去夏威夷。當我沒有多想地喃喃說了句「真好」時，姊姊對我這麼說：

「我會去那裡買咖啡豆回來給七惠的。」

三浦小姐妳特地指定在這間店採訪，應該知道我喜歡喝咖啡吧。

別說是情人了，我連朋友都不多，大部分的時間都是獨自度過，因此在不知不覺間養成去咖啡店看書或聽音樂的興趣，會喜歡上咖啡也是受到其影響。我在家裡每天都會認真地自己磨咖啡豆再沖煮成咖啡來喝。不過我父母都討厭咖啡，家人們也曾經調侃我這種喜好不知道是遺傳到誰。

所以高級的夏威夷可那咖啡豆對我來說是種嚮往，雖然我曾在國內喝過，但我平常總是夢想著哪天能在當地品嘗它的味道。

我很期待收到姊姊買回來給我的咖啡豆，但我嘴上當然是說「妳不用那麼費心啦」就是了。

姊姊他們預計去度蜜月七天，要帶的行李會很多，所以我聽姊姊說，他們夫妻會在出發當天早上直接從他們的住處搭計程車前往關西機場。結果悲劇就在他們搭乘計程車的途中發生了。

那時是清晨，車子也很少，是比較容易開快車的時間帶。有個前晚就喝醉的駕駛在開車時無視紅綠燈，從側邊撞上我姊姊和姊夫搭乘的計程車。

姊夫和肇事駕駛當場死亡，我姊姊也昏迷不醒，性命垂危。他們夫妻倆就這樣從幸福的巔峰突然跌落至萬丈深淵……

嗚……對不起。我有點想吐……一回想起這件事就覺得十分痛苦。

嗯，我現在沒事了。抱歉，害妳擔心了。那我繼續往下說。

我姊姊海鈴被送進大阪市綜合醫院的加護病房，有整整兩天都在生死之間徘徊。醫生甚至還一度叫我們要做好最壞的打算。但經過醫生們的努力治療，我姊姊在兩天後的中午恢復了意識。

接到醫院的通知後，我們一家人就飛奔去探望姊姊了。雖然現況實在太殘酷無情，但我真的很慶幸至少姊姊能保住性命。我也下定了決心，認為扶持今後的姊姊將是我們一家人的責任。

我們抵達病房時，看見姊姊身上還接著呼吸器和好幾條管線，正眼神呆滯地望著天花板。即使看見我和父母的臉，她也沒有任何反應。

「姊姊，妳認得我嗎？」

我忍不住開口詢問她。姊姊用必須仔細看才能注意到的輕微動作點了一下頭。

面對模樣令人心疼的姊姊，我和父母一籌莫展，不知道該怎麼向她解釋情況才好。

就在這時，姊姊突然間睜大眼睛，對著母親這麼說了：

「太一呢？」

姊姊似乎還記得自己發生了車禍。連呼吸都在顫抖的母親靜靜地搖了搖頭。

我大概這一輩子都忘不了姊姊當時的表情吧。

「不……太一……不──！」

姊姊陷入混亂，瘋狂掙扎了起來。如果我們這些家人沒有壓住她的身體，她身上的呼吸器和管線應該已經被扯掉，並從床上摔下去了。

「姊姊，拜託妳冷靜一點！」

我如此大叫，但聲音傳不進姊姊耳裡。姊姊持續尖叫了好一陣子後，聲音慢慢變成了具有意義的語句。

「為什麼……為什麼會這樣……我們不是說好要一起建立幸福的家庭嗎？你不是答應過我，會一直陪在我身邊嗎？太一……回答我啊，太一……」

直到這時，我和父母都還能只能含著淚水默默地聽她說。

然而──

後來我姊姊開始脫口說出很奇妙的話來。

「我們在度蜜月的時候明明一切都是那麼順利……當我在回程的班機上說玩得很開

心時，你跟我說今後我們會一直過得很開心，我心裡還很高興地覺得你說得很對……為什麼……」

——度蜜月的時候？

我懷疑自己聽錯了。於是我對姊姊問道：

「姊姊，妳說的『度蜜月的時候』是指什麼啊？」

姊姊在這時短暫露出彷彿恢復理智的眼神，如此回答我：

「就是字面上的意思啊。我和太一在夏威夷時真的過得很幸福……」

我們這些家人還是覺得一頭霧水。

我認為應該是車禍的打擊使姊姊的記憶產生了混亂。我知道這麼做很殘忍，但我還是把事實告訴了姊姊。

「不是的，姊姊，你們要出發去度蜜月的那天早上，在搭乘計程車去關西機場時出了車禍。」

姊姊聽了之後，身體開始微微顫抖。

「妳騙人……七惠，為什麼要對我說這種謊話？」

「我沒有說謊。」

「妳說謊，妳一定是在說謊！因為我們在夏威夷做的事情我全都還記得！我們爬上鑽石頭山，還在拉尼凱海灘游泳……我們是在度完蜜月後順利回國，從機場搭計程車回來時遇上車禍的吧？」

我姊姊以前曾經去過夏威夷。在那時我便解釋成是因為姊姊太過期待蜜月旅行，結果跟過去的經歷搞混在一起了。但是——

「我就說我全都還記得了。我連在北岸吃的刨冰味道，還有在阿拉莫阿那購物的事情都……對了。」

姊姊像是抱著一絲希望似地看著我說：

「計程車的後車廂裡應該有我買的禮物吧？我想說除了給家人和朋友的之外，也要送一些給工作同事，所以在阿拉莫阿那買了很多東西。」

在車禍後負責處理後續事項的母親回答了她這個問題。

「根本沒有什麼禮物啊，後車廂裡只有你們的行李箱而已。」

「怎麼會……」

姊姊早已寫滿苦悶的表情漸漸地變得更加絕望。

我開始覺得我們或許不需要急著在姊姊剛恢復意識的時刻就告訴她真相。我後悔地想，姊姊有可能在車禍的打擊稍微平復一些後，記憶混亂的情況也跟著自然消退，早知道等那時再正式告訴她就好了。

姊姊看起來似乎還不想放棄。她像是突然想起什麼似地倒抽一口氣，繼續說道：

「那你們打開我的行李箱了嗎？」

「我們還沒打開過……」

據母親所言，我父母拿回來放在老家的行李箱是鎖著的，不知道姊姊設定的三位數密碼，所以打不開。

姊姊海鈴換成向我對話，開口說道：

「我在回國的前一天去了據說是在夏威夷新開幕的知名烘焙所。因為我已經答應過妳要買咖啡豆回來了。」

無論姊姊多麼拚命地訴說，我還是只能以悲憐的眼神回應她。

「妳打開我的行李箱看看，我買的咖啡豆就放在裡面。」

接著姊姊就跟我說了打開行李箱會用到的三位數密碼。

當時應該沒有家人認真看待姊姊說的話吧。不過，在母親回答說「好吧，我回家再確認看看」後，姊姊終於稍微冷靜下來，然後就睡著了。

姊姊恢復意識後，我父母還有一些手續必須替她辦理。由於看起來要花不少時間，他們便叫我可以先回家。我直到最近都是住在老家，並在大阪的公司工作，但我認識的人介紹了一份在京都的新工作，所以上個月才剛搬到京都市內的公寓，從老家搭乘京阪電車約需要一小時才會到。雖然我會這麼做，主要原因也是看到姊姊邁向人生下一個階段，才有所體悟的。

我決定照他們說的先回家。在搭乘京阪電車回去的途中，姊姊恢復意識後的放心、太一姊夫過世的悲傷，以及對姊姊記憶混亂的憐憫等情緒仍接連湧上心頭，連我都覺得自己說不定也快發瘋了。

我回到家的時候應該是下午四點左右吧——然後在那天晚上八點多時，發生了一件事。我接到母親打給我的電話。

「七惠啊，妳現在可以回老家一趟嗎？」

她的語氣中很明顯地帶著困惑。

「怎麼了？」

「海鈴她不是說了那些話嗎？我剛剛一回到家後，還是姑且馬上打開來看看了。就是她說的那個行李箱。」

「嗯，結果呢？」

「真的有。」

我想問她有什麼，但喉嚨很乾，發不出聲音來。

母親對我說的話實在太難以置信了。

「它真的就放在行李箱裡——那個照理說只能在夏威夷買到的咖啡豆。」

3

「這就是我母親那天給我的咖啡豆。」

七惠拿出一個銀色的袋子放到桌上。那是個直立式的袋子，一看就知道沒有開封過。

真琴取得她的同意後拿起袋子。貼在表面的烘焙所標籤上半部畫有一隻可愛的紅色小鳥，下方則印著應該是烘焙所名字的「'I'iwi Coffee」字樣和商標。她聽說過這個名字。'I'iwi是鐮嘴管鴰，不僅是夏威夷群島的原生鳥類，也被視為夏威夷環境保護的象徵。

標籤下半部寫著「NET 200g」及「PRODUCTION DATE」的字樣，再下方則是一張手寫著代表今年西元年的四位數字，以及代表五月的三個英文字母「MAY」的小貼紙。她把袋子翻到背面，發現上方附有個排氣閥。真琴推測這應該是一間很講究品質的烘焙所。

「照理來說蜜月旅行並未成行，卻在行李箱中發現了禮物……」

真琴仔細端詳著裝有咖啡豆的袋子，喃喃自語道。

如果這是真的，那可是件不得了的大事。為了今天的採訪，真琴已靠著媒體報導事先記住了海鈴夫婦車禍最基本的幾項重點。她藉此得知的事件內容與七惠敘述的經過並無出入。

不過，她當然不可能毫無疑問地相信消息提供者的話，把它寫成報導。如果把這段趣聞寫成報導刊在雜誌上，她會支付七惠些許費用當作謝禮。所以那些為了拿謝禮而編造假故事的人總是源源不絕地找上門來。不過，比起白白支付謝禮，更重要的是如果被對方欺騙，刊載了假故事到雜誌上，TONANO的信譽就會跌至谷底。身為主編，她不能做這麼不負責任的事。

因此真琴在聽別人談論超自然現象經歷時，無論內容如何，原則上都只會相信六七成左右。不用說也知道，如果她質疑一切，那工作就不用做了，但如果反過來什麼都當真，又會失去信譽。畢竟那種原本怎麼想都是謊言，被她嗤之以鼻，後來才發現真有其事的情況，她也遇過不少次了。

簡單來說，她不能依靠自己的直覺，要仔細審視故事內容，判斷是否可信。例如有任何矛盾之處時，就針對這點深入探討，而且如果決定採用它，她也有義務要盡可能說明清楚，讓讀者也能夠相信。要拿捏好分寸很講究經驗與感覺，真琴也是藉由多次採訪與撰寫報導才逐漸習得此能力。

「加納小姐，謝謝妳的說明。對了，為什麼妳願意提供這些細節給我們雜誌呢？」

真琴其實不太喜歡擺出這種超出必要程度的恭敬態度。她反而比較擅長用輕鬆的互動來引導對方說出真心話。

但是七惠身上散發出來的氛圍卻沉重到讓真琴猶豫是否該這麼做。這也不能怪她，畢竟親姊姊遭遇嚴重車禍，姊夫又才剛過世。就連採訪經驗豐富、對象也形形色色的真琴，也是第一次覺得年紀比自己小了一輪的女性如此難以應對。

七惠如舔舐般啜飲一小口咖啡後回答：

「這種事情應該沒有人肯相信吧。到頭來別說是遇上車禍的姊姊，連我都會被當作瘋子。」

這她無法否認。真琴十分清楚，一般大眾不會和她用一樣的角度來看待這方面的話題。

「不過，在我實際拿到東西後，我不得不相信姊姊說的話是真的。姊姊和太一姊夫的確在夏威夷度過了愉快的蜜月時光。這包咖啡豆就是證據。所以我正在尋找能夠合理解釋這種現象的人。」

「然後妳就找到了我們TONANO。」

「我當然也知道目前發生的事情是無法用常識來思考的。不管我再怎麼堅稱這是真實故事，聽過的人應該都只會覺得很荒謬。但我相信TONANO一定可以替這種現象找到合理的解釋。因為TONANO平常經手的事件似乎有很多更不可思議的內容。」

她這番話其實算是說得很謙虛。TONANO曾介紹過許多比今天聽到的還要令人費解的事件。不過，以真琴的感覺來看，以普通的消息提供者所敘述的事件而言，這件事的衝擊性已經夠強烈了。

「在我說出我的想法前，可以先詢問妳幾件事嗎？我並不是在懷疑加納小姐妳說的事，這只是為了避免提出錯誤假設的必要流程，還請妳諒解。」

如果她不先這麼說，有不少受訪者可能會惱羞成怒地質問她「妳是不是不相信我」。

七惠雖然點頭同意，卻一直不安地把玩著掛在包包上的護身符。仔細一看，護身符上面好像有圖案，那白色的東西是兔子嗎？

「有沒有可能是你們家包含加納小姐在內的所有人都弄錯蜜月旅行的日期，或是臨時改變了日期行程，但你們並沒有收到通知呢？換言之，我想確認妳姊姊和她丈夫是否真的去了夏威夷。」

「那是不可能的。」七惠斬釘截鐵地否認了，「姊姊在出發前一天回到老家，和我們全家人一起吃了頓飯。她說要買咖啡豆回來給我也是那天發生的事。姊姊似乎想先把她住宿的飯店或行程安排告訴我們這些家人，以防她在旅途中遇到什麼問題。我在那天替姊姊拍了一張照片。」

七惠用她的手機顯示那張照片。照片中的女性戴著白色的帽子，七惠說姊姊曾得意地表示那是她為了在夏威夷戴才買的。另一頭的電視則正在播放日本的綜藝節目。

真琴確認了照片上記錄的拍攝時間，的確就是新聞報導的車禍發生前一晚，也和電視上節目的播放時間吻合。她仔細地檢查了照片，沒有發現修圖竄改的跡象。

大概是因為這起車禍實在太悲慘，有些媒體在報導時附上海鈴夫婦的臉部照片。因此真琴所知道的海鈴與七惠拿給她看的照片中的女性，毫無疑問地是同一人。

如果出發前一天她們姊妹曾在國內見過面，那這起車禍就不可能是在蜜月旅行結束後的回程發生的。這種假設不管怎麼想都太不合理。

「那麼，有沒有可能是他們提早結束了這趟夏威夷之旅呢？從這袋咖啡豆上的標籤只能確定是在五月購買的，沒有寫到詳細日期對吧。」

「我已經確認過了，姊姊和姊夫在出發前往度蜜月前，都沒有任何可疑的請假缺勤紀錄等情況。再說了，姊姊又為什麼必須對我們這些家人撒這種謊？」

「這我並不清楚，我只是提出一種可能的情況……」

「就算姊姊真的有什麼不可告人的隱情，所以在預先安排好的蜜月旅行開始前就去了夏威夷，但她那天早上搭乘的計程車會出車禍，完全是對方駕駛所造成的啊。而且那個駕駛還過世了。把這視為一起預先安排好的事件是很不合理的。」

真琴無法反駁這段話。事先前往夏威夷買好咖啡豆，放進行李箱後拖著它搭乘計程車，在前往機場的途中碰上車禍，再謊稱車禍是在度蜜月回來的路上發生的。無論她擁有何種非達成不可的目的，要策畫並執行上述整段流程的可能性還是幾乎等於零。

那麼，有沒有可能他們雖刻意隱瞞家人提前度蜜月，但車禍本身卻是偶然發生的呢？如果是這種情況的話，就會產生兩個問題，一個是如果想隱瞞到底，為什麼不乾脆直接說自己並未去度蜜月就好；另一個則是他們當天帶著行李箱搭計程車，目的地究竟是哪裡。因此真琴不得不做出這個假設行不通的結論。

「妳姊姊因車禍失去意識，被救護車送進醫院急救對吧。所以她並沒有機會打開那個行李箱囉？」

「是的，附近店家的防盜監視器拍下了車禍的經過，姊姊並未自行從發生車禍的計程車裡走出來。」

既然如此，她就無法在車禍後把並非實際跑去夏威夷購買的咖啡豆偷偷放進行李箱裡，藉此假裝自己曾去度蜜月了。不過，要是先暫時忽略動機的問題，偷放咖啡豆進去的時間點就不一定是在出車禍後了。

「雖然不知目的為何，但妳姊姊還是有可能利用事先把她購買的咖啡豆放在行李箱這點來說謊。她的行李箱裡有其他可以證明她去過夏威夷的東西嗎？像是旅遊景點的門票、導覽手冊或其他禮物等等。」

「……很可惜，據母親所言，似乎沒有這類物品。不過，我之前也說過了，姊姊說除了咖啡豆之外，其他禮物都不是放在行李箱內帶回來，她或許是把只能在當地買到的東西全都裝在一起了。而那些東西說不定在某個時刻不小心與姊姊分開了。」

從這段話可以隱約察覺到，七惠似乎認為姊姊海鈴在出車禍的瞬間被拉回蜜月旅行出發日當天早上。裝有禮物等東西的包包或紙袋，在那時走上了與海鈴不同的命運——與她分開了。這大概是她想表達的意思吧。

「所以行李箱裡還放了咖啡豆以外的東西對吧？」

「沒錯，大部分都是衣服。她好像把貴重物品之類的東西放在肩背包裡。」

「那些衣服看起來怎麼樣呢？我的意思是，如果她從夏威夷回來，照理說那些衣服應該不會像出發時那麼乾淨。」

這個問題的答案和真琴原先預料的並不同。

「有一些衣服和內衣好像感覺有穿過。」

「感覺有穿過？」

「據母親所言，從那些衣服和內衣上的味道感覺得出來曾穿過一次。不過，似乎並非所有衣服都如此，也有一些衣服散發出清洗後的乾淨香味。關於這一點，姊姊的解釋好像是說因為出國時間很長，旅途中曾在飯店的洗衣房洗過一次衣服。」

在國外旅行時洗衣服應該不是什麼格外稀奇的事。但這點先不提，為什麼那些衣服會感覺曾被穿過呢？那個行李箱在車禍後就放在老家，不知道密碼無法打開。既然是帶出國用的行李箱，上面的密碼鎖大概是TSA海關鎖，但怎麼想都不是一般人可以打開的東西。

不對，如果是密碼鎖，只要一個個數字慢慢試，總會有辦法打開。至少她住在老家的父母是有機會打開行李箱的……

真琴想到這裡時，突然搖了搖頭。如果是父母動的手腳，衣服感覺穿過這件事想怎麼解釋都行。但是咖啡豆確實就在眼前。很難想像他們聽完海鈴的敘述後，可以在當天就弄到夏威夷烘焙所販賣的咖啡豆。

「妳父母最近去過夏威夷嗎？」

這個以防萬一的問題，七惠也毫不猶豫地回答了。

「沒有，我們家不是那種會積極出國旅行的家庭，我自己也是到這個歲數都沒離開過日本。」

「有沒有可能是你家的親戚或朋友買了咖啡豆當禮物送給妳父母……」

「我剛才已經說過，我父母和我不同，是不喝咖啡的人。我想應該沒有人會拿咖啡豆當禮物送給我父母。」

所以她父母是清白的嗎？但是除此之外，還有其他管道可以獲得咖啡豆。

「加納小姐，妳對這家'T'iwi Coffee烘焙所的了解有多少？」

「只有一點點……我聽說那是間大約在一年前開始營業的新烘焙所，但是很快就嶄露頭角，變成大排長龍的知名店家。他們似乎對咖啡豆很講究，全都是接下訂單後才開始烘焙，而且經常出現在日本最新的旅遊指南書中，所以好像也有很多日本觀光客會造訪那間店。」

「那間店有沒有在日本開分店，或是可以透過線上通路購買咖啡豆……」

「沒有，那是只有在當地才買得到的東西。」

確認證詞的真偽也是編輯的工作。真琴取得七惠的同意，試著用手機搜尋一下，馬上就找到'T'iwi Coffee的英文官網和社群帳號。

「是真的……店裡的介紹詳細寫出了接下訂單後才烘焙等事項，但我沒看到任何關於國外分店或線上購買的資訊。」

真琴再次轉了轉筆，釐清目前所獲得的情報。

行李箱放在老家，只有父母有機會打開。另一方面，在今年五月烘焙的'T'iwi Coffee的咖啡豆，是無法在海鈴清醒的當天取得的。而且照理來說，本來就沒人能料到海鈴會提起咖啡豆的事，因此無法事先準備，她父母又討厭喝咖啡，也不可能剛好擁有這包咖啡豆——

「原來如此，這的確是超自然現象。」

真琴說出了結論。七惠的臉終於在這時首次出現笑意。

「我很高興妳願意相信我。」

「我才要感到榮幸，能聽到這麼寶貴的故事。」

「怎麼樣？妳對這種現象有什麼看法嗎？」

詢問這件事應該是七惠最主要的目的才對。於是真琴也正襟危坐了起來。

「這個嘛，我想到幾種可能性，但首先我猜或許是與量子力學有關。」

「量子力學嗎……這個詞我是有聽過，但……」

「所謂的量子，簡略來說就是指非常小的物質。量子這種東西具有的性質，基本上與一般人所想像的大相逕庭。舉例來說，因為它非常小，可以穿過物體或是在人們觀察它時改變動作。妳聽過『薛丁格的貓』這個詞嗎？」

「是指放進盒子裡的貓，在打開盒子前都不能確定生死的那個對吧？」

「是的，但那代表的意思不只是不知道生死，而是量子力學領域的思想實驗。貓的生死只有在觀察者打開盒子觀察時才能確定。在那之前，貓是處於生與死混合在一起的狀態，它想表達的是這個意思。」

「喔……」

七惠充滿困惑地吐了一口氣。

一談到喜歡的話題類型就會忍不住長篇大論，這是真琴的壞習慣。她清了清喉嚨，轉回正題。

「從薛丁格的貓這個例子，我們可以得知在量子力學領域有一種名叫『多世界詮釋』的想法，認為複數世界是同時存在的。用俗話來說，就是類似平行世界的東西吧。雖然目前人們還沒有發現在這個世界和其他世界之間移動的理論，但我或許可以假設車禍的衝擊使妳姊姊和她的行李箱獨自移動到另一個世界。不過，若是套用這個假設，時間倒流這一點就很令人費解了……但應該是因為時間軸偏移的平行世界也有可能存在吧。我並非專家，沒辦法更進一步詳細解釋，但我覺得利用量子力學理論，我們可以再設想出好幾種其他情況。」

七惠一臉認真地點點頭。

「我現在立刻就能想到的一個解釋是『時空跳躍』。妳知道這個詞嗎？」

「呃……我大概知道。是時間移動對吧？」

「若說得籠統一點，是這樣沒錯。雖然這方面的定義會因人或作品而略有不同，但時空跳躍指的大多是只有意識跳躍到過去或未來的現象。如果是連同身體一起移動到並非自己生活的時代，例如江戶時代或千年後的未來，一般不會稱為時空跳躍。還有，就算是自己生活的時代，若該世界還存在著另一個自己，這種情況也不會視為時空跳躍。」

「原來如此，所以它和穿越時空或時空旅行是不一樣的吧？」

「沒錯，在我的認知裡是如此。我推測妳姊姊是在剛度完蜜月，碰上車禍的瞬間發生時空跳躍，結果被拉回出發當天的早上。」

「不過，這樣事情就會變得很奇怪了吧。依照姊姊敘述的經歷來看，她在出發當天早上並未發生車禍，才能與太一姊夫開心地享受蜜月旅行。如果這件事是時空跳躍造成的，姊姊在出發當天應該會發生車禍才對。」

「妳說得沒錯。我認為這或許就是發生時空跳躍的原因。換言之，妳姊姊原本的命運是在出發當天早上沒出事，開心地度完蜜月，然後在搭計程車回家時發生了車禍。但是基於某些理由，她的過去出現了時間悖論現象，導致她在搭計程車去度蜜月的路上發生了車禍。為了化解這個矛盾，妳姊姊被捲入時空跳躍現象，硬是被拉回到出發當天的早上。這兩起車禍本來必須是同一件事才對，所以妳姊姊的意識和行李箱就跨越時空移動了。」

「妳說姊姊的意識我還能明白，但咖啡豆這種物質類的東西移動的現象，不是沒辦法稱為時空跳躍嗎？」

「這件事的確沒辦法只用時空跳躍來解釋。關於這一點，我推測是由於發生了時間悖論這種極為異常的事件，結果導致兩起車禍被整合在一起，也就是類似時空跳躍的亞種情況。因此或許不只妳姊姊的意識，整輛計程車都被捲入時空跳躍現象了。」

「這種現象以前曾發生過嗎？」

「很可惜，據我所知是沒有。但我知道有人曾目睹物體突然出現，例如硬幣突然從天花板上掉下來的現象。這件事也可以推測出許多種原因，而且在量子理論中，應該會視為分解成量子的物質在其他地方重現，我認為要解釋成類似時空跳躍的現象也並非不可能。」

七惠啜飲著咖啡，表情看起來還是不太能接受。

若原因是這番說明不符合她的期待，的確會感到很抱歉，但正是說明時很難讓人馬上理解，才會是超自然現象。所以這種程度的反應是影響不了真琴的。

「我剛才跟妳說的只不過是我在這裡正好想到的原因，等到我們要把妳的故事寫成報導時，也有可能在過程中拼湊出更有說服力的假設。」

「啊……說得也是呢。」

「不管怎麼說，雖然考慮到妳姊姊的事，這種表達方式或許不太恰當，但我覺得這是個非常值得玩味的故事。我們會寫成報導，請妳收下這個。雖然金額不多，但這是謝禮與車馬費。」

真琴從放在旁邊椅子上的包包裡拿出裝有現金的信封，交給了七惠。七惠有些惶恐地收下它。

「應該道謝的人是我才對。這樣姊姊的幸福記憶就不用因為違反事實而被強行抹去了。」

「只要能讓這件事多少有個合理的解釋就好，妳的意思是這樣，對吧？雖然我們絕非為此才打算報導這件事，但就請妳放心交給我們處理吧。」

不知不覺中，杯子裡的飲料已經空了。當真琴準備收起採訪用的筆記本等物品時，她發現桌上只剩下裝有'I'iwi Coffee的咖啡豆袋子孤伶伶地留在原處。就在她為了避免忘記歸還，正要伸手去拿它的時候。

「那個……」

真琴聽見有人在對她說話，便轉頭望向該處。

咖啡店的女性店員正站在那裡。明明是她自己主動叫住人的，態度看起來卻有些膽怯不安。她用手指併攏的右手指尖指著 T'iwi Coffee 的咖啡豆袋子，說道：

「如果妳們不介意的話，能讓我用那包咖啡豆替妳們煮杯咖啡嗎？」

七惠驚訝地瞪大雙眼問：「妳想拿這包咖啡豆去煮咖啡？」

「是的，當然了，我不會跟妳們收錢。」

店員露出了平穩但感覺有些虛假的笑容。

真琴滿腹狐疑。店裡相當安靜，她們兩人的談話大概全都被店員聽見了。她應該知道這包咖啡豆對七惠的意義有多麼深重才對。但她卻……不對，那或許是想表達在這時更該由專家來做的意思，總之她詢問了兩人是否能在此使用那包咖啡豆。

七惠當然會拒絕吧，真琴如此推測。然而，她口中說出的答案卻推翻了真琴的推論。

「那我可以麻煩妳嗎？」

「這樣好嗎？」真琴問道。

「嗯，因為這是姊姊特地買給我的咖啡豆。我想喝喝看技巧好的人用它煮出來的咖啡。」

七惠微笑道。和剛才兩人第一次在這裡見面時相比，真琴覺得她的表情看起來豁達許多，應該說像是身上不好的東西被趕走了一樣。

「那我就先跟妳借一下這包咖啡豆了。」

店員收下咖啡豆，走進吧台後方。真琴和七惠都注視著她沖煮咖啡的模樣。

當店員用剪刀剪開銀色包裝袋時，從裡面露出來的是深焙的深色咖啡豆。她將咖啡豆放進造型古典的磨豆機裡，喀啦喀啦地磨了起來。等咖啡豆磨好後，便倒入放在咖啡壺上的法蘭絨濾布中，再用細嘴煮水壺從上方淋上熱水。

但就在這之後，出現了異狀。

店裡開始斷斷續續地響起類似聽收音機時會出現的雜音。真琴過了一會才知道那是什麼聲音。

原來是店員正在吸鼻子。仔細一看，她的眼裡還含著淚水。

是因為她用發生神祕事件後妹妹拿到的咖啡豆禮物沖煮咖啡，結果邊煮邊想到海鈴夫婦遭遇的悲劇，才不禁悲從中來嗎？真琴也能夠體會她的心情。

然而——

店員接下來吐出的一句話，卻讓真琴感到百思不解。

「為什麼會沒有反應呢……」

4

等到咖啡沖煮好時，店員已經徹底停止哭泣了。

她不只將咖啡端給七惠，連真琴也有一杯。畢竟是在夏威夷大受歡迎的烘焙所，咖啡喝起來十分美味。雖然對真琴來說，她更喜歡一開始在這間店喝到的那杯咖啡。

七惠看起來感觸良多地小口啜飲著咖啡。等她喝完後，因為也沒什麼話可說了，真琴便和七惠一起離開咖啡店。由於是採訪，當然是由真琴負責付錢。店員也沒忘記把剩下的咖啡豆還給七惠。

七惠表示她會從附近的公車站搭公車回自己家。於是真琴便陪七惠走到那裡，目送她搭上正好進站的公車後，又折回她們剛才所待的咖啡店。

當真琴打開咖啡店的大門時，站在吧台後的女性店員一臉驚訝地看向她。店員的雙眼因為充血而變得紅通通的。

「妳有什麼東西忘記帶走了嗎？」

真琴搖搖頭。

「我可以稍微坐一下嗎？」

真琴沒有等店員答應，直接在吧台前坐下來，然後開門見山地詢問她：

「妳發現了什麼不太對勁的地方嗎？」

「妳的意思是……」店員的眼神游移不定。

「雖然加納小姐好像不太介意，但妳剛剛的行為其實很不自然喔。先是說要用當作禮物的咖啡豆來沖煮咖啡，又在中途哭了起來。如果妳察覺到什麼問題的話，希望妳可以告訴我。」

真琴折回咖啡店的理由是想質問店員。她從事採訪工作多年，當她一闡述自己對超自然現象的想法時，周遭的人們都會展現出各式各樣的反應，像是顯露好奇心，或是對她投以厭惡和輕蔑之意。但這位店員的態度和她之前看過的反應明顯相異。她不想無視這一點離開，讓這場採訪隨隨便便結束。

「妳為什麼會想知道呢？我的確聽見了兩位說的所有話。但我對超自然現象一竅不通，只是個碰巧待在採訪地點、毫無關係的第三者。妳詢問我的想法又能得到什麼好處？我不想說出任何不負責任的話。」

這位應該比七惠還年輕的店員如此謹慎，讓真琴看出了她的聰明特質。不過，真琴也不是會因此退縮的人。

「我因為工作的關係，經常需要接觸超自然現象。被歸類在超自然現象的情況在現實中極為罕見，但它們確實存在，這兩件事我都十分清楚。身為一個專業人士，我有責任必須確定真偽。」

大概是她誠懇的回答奏效了吧，店員的眉間總算舒展開來。

「我想請妳答應我一件事。妳聽完我說的話之後，絕對不可以寫進報導裡。請妳照著那位小姐和妳剛才發表的假設寫就好。」

「換言之，就算我聽完後起了疑心，妳也要我在文章裡說謊？」

「沒有任何辦法能保證我的想法是正確的。所以我認為這並不是說謊。」

真琴雖認為這是強詞奪理，但不先聽完店員要說的話，她也無法做出判斷。有可能店員的意見根本是無稽之談，出乎她意料之外。

「好吧，我答應妳。」

真琴抱著打算看情況反悔的想法發了誓。

店員嘆了一口氣後說道：

「那麼，妳覺得我應該告訴妳什麼事呢？」

「妳在沖煮咖啡時哭了吧？」

「那是因為妳們說的事情實在太悲傷了……」

「其實我在那時不小心聽到了。聽到了妳的喃喃自語。」

——為什麼會沒有反應呢？

「那應該是妳下意識說出來的吧。那句話的意思是什麼？」

店員大概沒想到會被詢問這件事，先是露出懊惱不已的表情，接著就以不太情願的態度說明道：

「我淋上熱水後，咖啡豆並沒有膨脹。」

「這有什麼問題嗎？」

「那些咖啡豆一看就知道是深焙的。雖然會根據保存條件不同而有些許差異，但既然是烘焙得那麼徹底的咖啡豆，不可能才買來半個月左右，剛磨好的咖啡豆就不會產生氣體。如果烘焙的月份沒寫錯的話，只要淋上熱水，咖啡豆一定會膨脹才對。」

真琴恍然大悟。她在那個裝咖啡豆的袋子背面看見上面有排氣閥。烘焙過的咖啡豆會釋放二氧化碳，如果不用排氣閥排出那些氣體，袋子會有爆裂的危險。這種程度的知識真琴還是有的。

「只要淋上熱水，新鮮的咖啡豆一定會膨脹。」

店員再次強調。

「但那些豆子並沒有膨脹？」

「是的，即使我淋上熱水，它們也幾乎沒有反應。這證明它們在烘焙好之後已經存放了一段時間。除非保存條件極度糟糕，否則應該可以推測已至少經過一個月了。」

「妳的意思是，那不可能是這個月才剛買的咖啡豆？」

「如果那是一間會賣舊咖啡豆的烘焙所……但那間店實際上卻是接到訂單後才會烘焙，所以我想應該不會有這種事。」

「但是在製造日期那一欄是寫今年五月烘焙。」

「那只是一張手寫的貼紙吧。那種東西隨隨便便就能假造。如果把貼紙撕掉，底下應該就會寫著真正的烘焙日期了吧。」

她的回答與真琴預料的相同。

「那些咖啡豆不是在這個月，而是在更早之前購買的。我對此沒有異議。但是，為什麼它會出現在海鈴小姐的行李箱裡呢？是海鈴小姐自己把舊咖啡豆偽裝成新的，帶去度蜜月了嗎？」

「應該不是那樣吧。除非海鈴小姐真的預測到會有意外發生，是那種擁有超自然領域能力的人，那事情就另當別論了。」

雖然這個故事可能也非常吸引人——

「既然海鈴小姐特地向妹妹預告會買咖啡豆回來，有沒有可能是她基於某種意圖才把咖啡豆帶在身上的呢？例如她把事先在國內取得的咖啡豆帶在身上，省去在當地等待烘焙的時間，打算在回國後還沒回到家之前，就直接拿去送給妹妹之類的。或是實際上她根本就沒打算去夏威夷，所以就把那包咖啡豆事先放進行李箱，假裝是去夏威夷買的禮物……」

「無論她想了什麼計畫，我都覺得那場造成兩人死亡的車禍絕不可能是事先安排好的。就算海鈴小姐真的碰巧把咖啡豆放在行李箱裡好了，但她在車禍後好不容易恢復意識，又剛得知丈夫去世時，會有那種餘力去騙別人自己有去度蜜月，而且還機靈到把咖啡豆當成補強這個謊言的材料嗎？」

雖然不能說可能性是零，但應該也幾乎等於零了吧。真琴別無選擇，只能如此判斷。

「所以這就表示……那包咖啡豆是其他人放進行李箱裡的，對吧？」

「我是這麼想的沒錯。」

「不過，唯一有機會在車禍後打開行李箱的人，就只有照理說不可能持有夏威夷咖啡豆的她們父母而已喔。」

「不是還有另一個人嗎？既有機會打開行李箱，而且就算擁有夏威夷的咖啡豆，也一點都不奇怪的人。」

真琴連想都不用想就知道是誰。她立刻回答道：

「妳說的是加納七惠小姐吧。」

「加納小姐應該是不想破壞姊姊與現實相異的認知及美好的回憶吧。所以加納小姐離開醫院後就先回到自己家，竄改剛好放在家裡的'I'iwi Coffee咖啡豆的烘焙月份，再帶著它去了老家。」

那是一個妹妹在姊姊遭遇悲劇打擊時，盡了最大努力為她策畫的溫柔之舉。

「加納小姐和父母一起探聽到打開行李箱會用到的三位數密碼，還比父母早一步離開醫院。既然她是女兒，手上有老家的鑰匙也不是什麼奇怪的事吧？此外，從她在京都住處到位於大阪的老家，搭電車大概需要一小時左右。如果在父母回來之前還有足夠的時間，把咖啡豆放進行李箱就不用說了，連要讓衣服有被穿過的感覺也並非難事。」

她只要實際穿上去就行了。只是要把體味沾上去而已，就算尺寸不同也不會有什麼問題。她說不定還刻意活動過身體，讓自己出汗。她們的父母大概也不至於能夠分辨姊妹的體味差異吧。

「而且她是個喜歡咖啡的人。即使她自己從沒出過國，還是非常有可能從去過夏威夷的人手上收到頗受歡迎的烘焙所生產的咖啡豆，當作送給她的禮物。」

認真說起來，如果這是七惠動的手腳，雖然有被父母指出謬誤的風險，但就表示她可以隨意地曲解姊姊說的話，不過在她敘述的內容中，海鈴並沒有提到烘焙所的名字。只說是夏威夷的烘焙所，根本沒有任何線索能確定那就是'T'iwi Coffee。

不過在另一方面，也有一件事是七惠無法說謊造假的。真琴轉而提起那件事。

「'T'iwi Coffee的網站上也有寫到，他們是一間所有咖啡豆都會在接單後才烘焙的烘焙所。換言之，把'T'iwi Coffee的咖啡豆送給加納小姐的人，是下了訂單後又特地花時間等店家烘焙好對吧？」

「應該是這樣沒錯，烘焙大概會花上十分鐘左右，如果是頗受歡迎的烘焙所，可能還要排隊，所以就算快一點，我想應該也要等待三十分鐘吧。」

「既然如此，雖然為了親妹妹這麼做一點也不奇怪，但只是單純要送給朋友或熟人的禮物的話，妳不會覺得太費工夫了嗎？」

「那他們兩人的關係大概就不只是單純的朋友吧。」

「妳的意思是……但她又說自己從來沒和人交往過……」

真琴在這時停頓了一下。重視的對象不一定就是情人，這個道理她也明白。但——

「不對，請妳等一下。我還是覺得這樣很奇怪。」

「是哪裡奇怪呢？」

「加納小姐是個喜歡喝咖啡的人，難得收到這包咖啡豆禮物，她有可能長時間放著不開封，讓這些咖啡豆無法產生氣體嗎？這樣風味肯定會變差吧？一般來說，不是都會在變成這樣之前打開來喝嗎？」

結果店員的目光便落在了她拿著剛才使用過的法蘭絨濾布的那隻手上。

這場議論到此為止了，真琴如此判斷。店員說的話看似很合理，但她認為自己戳破了這個假設裡最關鍵的矛盾之處。

但是過了一會後，店員卻喃喃吐出一句話。

「應該還有原因可以解釋吧？想喝咖啡卻沒辦法喝的原因。」

「沒辦法喝的原因？但她剛才不是也喝了咖啡嗎？」

真是不死心。真琴內心浮現這種感覺，但隨即就被對方的下一句話顛覆了。

「不，我想說的是——」

她按下門口對講機的門鈴後，馬上就有人回應了。

「喂？」

「我是TONANO的三浦。謝謝妳剛才願意接受採訪。但我有件事無論如何都想告訴妳，所以明知有失禮儀，還是登門拜訪了。」

「咦……」

加納七惠在對講機的另一頭啞口無言。

這裡是位於京都市左京區的一棟屋齡看起來已有一定年數的公寓，真琴站在其中一戶的門前，肩膀因氣喘吁吁而不停上下起伏。

在七惠先行離開之後，真琴追著她來到這裡。真琴從收到信那時就已經知道七惠居住的地址了。她之所以採取這種行動，是因為擔心先用電話或簡訊聯絡的話，可能會勾起七惠的戒心而不肯見她。幸好七惠正待在家裡。

片刻之後，七惠開門現身了。從其態度可以明顯看出她內心充滿不解。

真琴請她讓自己進到玄關的脫鞋處，並關上門。七惠指了指房間後方說道：

「那個……妳要進來坐坐嗎？雖然我房間有點亂。」

「不用了，我在這裡告訴妳就好。」

真琴調整呼吸，端正姿勢。然後一口氣說出了真相。

「加納小姐，妳現在肚子裡正懷著孩子對吧？」

七惠的臉上頓時寫滿了驚愕。

5

「——我覺得加納小姐可能懷孕了。」

這是咖啡店的店員對真琴說的一句話。

「妳應該知道咖啡因會對胎兒造成不好的影響，所以孕婦原則上應該盡量避免喝咖啡吧？」

「這我當然知道……但她今天也喝了咖啡。不僅如此，她還在妳的建議下喝了第二杯不是嗎？」

即使內心有所動搖，真琴仍不忘提出質疑。店員則感覺有些愧疚地說道：

「的確，我端了第二杯咖啡給她或許不是件好事……不過，一天只喝兩杯的話，其實在醫學上是幾乎沒有問題的。」

「啊，我好像曾在哪裡看過這種說法。」

「妳之所以指定在這間店採訪，應該是知道加納小姐喜歡咖啡吧？但她如果在這裡不喝咖啡，妳無論如何都會覺得不太對勁。加納小姐大概是抱著只限今天的想法才喝的吧。」

「原來如此……但她如果經常自己在家喝的話，情況就會不一樣了。」

「沒錯，這就是加納小姐沒有用某個人送她的'I'iwi Coffee 咖啡豆煮咖啡來喝的原因。」

這個說法是合理的。不過，如果只因為那袋咖啡豆沒開封過，就聯想到她可能懷孕的話，也未免太快下結論了。真琴決定謹慎行事。

「妳之所以推測加納小姐懷孕，還有其他原因嗎？」

「有兩個原因。其中一個是她在敘述到一半時曾感到反胃。」

「經妳這麼一說……雖然她解釋說是一回想起來就覺得很痛苦。」

「我把這解讀為用來掩飾害喜的謊言。從她的身體狀況來看，加納小姐很有可能還處於懷孕初期，害喜的情況大概還沒有結束吧。」

真琴心想，七惠的解釋或許也不完全是謊言。如果她在本來就會對身體造成很大負擔的孕期又碰上這種悲劇，很有可能會讓害喜症狀更容易出現。

「另一個原因是加納小姐上個月離開老家搬到京都這件事。她雖然說是看到姊姊結婚而有所體悟，但我推測實際上是想暫時對家人隱瞞懷孕的事。」

「她為何這麼做？是因為家人反對她把孩子生下來嗎？」

「恐怕是。至少從海鈴小姐說要買咖啡豆當禮物這一點來看，加納小姐肯定沒有把懷孕的事告訴她的家人。」

在日本，基於母體保護法的規定，只要懷孕超過二十二週就無法墮胎。如果她能夠隱瞞懷孕直到那時，之後無論被誰反對，基本上都一定會生下孩子來。

店員列出的兩個原因都各有幾分道理。但這仍舊不能說是明確的證據吧——

當真琴正這麼想時，腦中突然回憶起一幕情景。

「難道那個護身符……」

「護身符？」店員愣了一下。

「加納小姐的包包上繫有護身符，一直不安地摸著它。那個護身符是白色的，上面好像有兔子的圖案。」

店員細細推敲著真琴的證詞，說道：

「我因為角度的關係，並沒有看到護身符……但那應該跟正確解答差不多了吧。」

「所以那果然是祈求順產的護身符嗎？」

「妳不住在京都的話，不知道這件事是很合理的。那個護身符可能是來自左京區的岡崎神社。神社境內過去棲息著許多野兔，人們認為兔子是土地神的使者，因兔子神社之名廣為人知。神社境內除了用　兔取代　犬之外，還隨處可見兔子的圖畫或石像。」

由於從事與超自然有關的工作，真琴對神社及佛寺也有一定程度的了解。她雖然也聽說過兔子神社的傳聞，但沒有實際去過，光看護身符的圖案很難判斷是來自哪間神社。

「兔子是多產的動物，再加上神社內供奉的神祇速素盞嗚尊及奇稻田姬命生下許多孩子，使岡崎神社成為知名的求子及順產神社。他們的護身符上都有兔子的圖案，我記得其中的白色護身符是祈求順產用的。」

七惠就住在左京區。她確實很有可能在位於同一區，也就是她的住家附近，又以祈求順產聞名的神社購買護身符。相反地，很難想像沒有懷孕的女性會把祈求順產的護身符繫在包包上隨身攜帶。

「不過，說是懷孕又有點……加納小姐不是說她從來沒和人交往過嗎？」

「不，她當時應該是這麼說的。」

——從出生到現在，我都沒有正式交往的情人。

「反過來說，她曾和人非正式地交往過。妳難道不會這麼解讀嗎？」

真琴不得不認同這句話。因為她也有一段時間曾和人非正式地交往過。

「接下來我要說的內容會夾帶許多臆測。」

店員先如此提醒，接著便開口說道：

「加納小姐基於某些原因，似乎正在和一位不能正式稱為情人的男性交往。那個人自夏威夷買了咖啡豆當作送給她的禮物。」

兩人的關係等同於情侶，他會為了喜歡咖啡的七惠特地跑去頗受歡迎的烘焙所，並等待咖啡豆烘焙好，也是很合理的吧。

「但是加納小姐並沒有使用那些咖啡豆。因為當她收下那份禮物時，她已經知道自己懷了對方的孩子。這究竟代表著什麼意思呢？」

真琴對七惠的心境再明白不過了。

「她並未告訴那位男性自己懷孕了。」

「應該是沒辦法告訴他才對吧。這其中可能有各種原因及內情，但我猜最主要的理由大概是那位男性另有伴侶或家庭。所以那位男性才會毫不在意地買了咖啡豆回來送她。加納小姐明知道自己不能喝，又無法扔掉，只好先放在自己家裡。」

「妳曾經說過，從咖啡豆膨脹的程度來看，那些咖啡豆在烘焙好之後已經放了超過一個月對吧。加納小姐在收到那些咖啡豆時已知道自己懷孕這件事，與她的害喜目前仍未結束的情況，難道不是互相矛盾嗎？」

「我認為並不矛盾。懷孕後會在三週左右開始出現初期症狀，似乎有許多女性是在第四或第五週才注意到自己懷孕。另一方面，害喜的情況通常會持續到懷孕第十二週左右，長一點的話則是在大約十五到十六週時結束。換言之，雖然這當然因人而異，但從發現自己懷孕到害喜結束，通常已經過了八到十週的時間。如果長達十週的話，那咖啡豆不再產生氣體也就不足為奇了，而且要是那位男性隔了一陣子才把禮物給她，這段時間就會拖得更長。」

若她交往的男性已有家室，就更有可能在旅行回來後無法立刻見面了吧。真琴抹去了自己心中的懷疑。

與人外遇這種事隨處可見，沒什麼好稀奇的。真琴認為自己沒有資格去質疑其對錯。

但若是有了孩子，情況就不一樣了。

「她身上帶著護身符，平常又刻意不喝咖啡，還離開老家搬到了京都。加納小姐打算生下孩子，這是毋庸置疑的。即便如此，她卻連對自己的親姊姊都沒有坦承過這件事。」

「她應該是擔心自己說要生下外遇對象的孩子後，會被家人反對吧。」

「加納小姐也因為天生體型的關係，周遭的人至今都還沒察覺到她懷孕了。她與家人見面時，應該也會拿下護身符吧。」

這麼做的七惠一直把她沒辦法喝的咖啡豆存放在自己家裡。因為在她和那位男性之間，還沒有聊過現在的她為何不能喝咖啡的話題。

「不好意思，我必須離開了。結帳……」

當真琴從座位上站起來時，店員並未攔住她。

「妳先前就結完帳了。妳這次進來後我連水都沒有端給妳。」

於是真琴便衝出咖啡店，趕往七惠所住的公寓了。

「妳看到了，對吧？看到那個護身符。」

七惠站在玄關台階上，看起來十分惶惶不安。

「我忘記拿下來了。我曾在採訪途中摸了摸它想拿下來，但又覺得這樣更不自然，猶豫了一下，可能反而引起妳的注意了吧。」

兩人正站在七惠居住的房間玄關交談。真琴並不打算進入房間，但她至少還懂得基本的體貼，推測七惠應該不想讓任何人聽到，所以選擇在門內談這件事。

「應該道歉的是我，我不知道妳的身體狀況，帶妳去了一間咖啡店，真的很對不起。」

「不，妳不需要為了這件事道歉。」

「那麼，妳已經告訴和妳交往的那位男性了嗎？就是妳懷孕的事情。」

七惠的臉色頓時變得慘白。

「妳對這件事究竟還知道多少？」

「我什麼都不知道。我從來沒和人正式交往過，這是妳自己說的話。」

「唉……這孩子的父親是我童年玩伴的丈夫。我明明知道只有這個人絕對不行，卻還是在他的誘惑下成了他的外遇對象。我無法抑制自己想被他所愛的心情。」

她之所以不能把懷孕的事告訴自己交往的男人，也不能告訴自己的家人，果然是有某些隱情的。她的戀愛經歷愈淺薄，就愈容易迷戀上那個男人，這種心情真琴也多多少少可以明白。

「我的童年玩伴是個有如聖人的女性，她住在我家附近，與我一起長大，即使我個性這麼陰沉，她還是對我很友善。我非常清楚，如果我背叛她的事情曝光，別說是她本人了，連我父母、姊姊和附近的鄰居都會怨恨我。而且我父母可能無法繼續住在原本那個家裡。如果會演變成那樣的話，我寧願瞞著所有人自己生下這孩子，撫養他長大。雖然我沒臉再見我的好朋友，但至少我可以設法避免她知道真相，對吧？」

真琴看見其眼裡閃著極其稚嫩的光芒，令人難以相信她已經二十八歲。

真琴挺直背脊，接著清楚明瞭地告訴她。

「跟他說吧。告訴那個男人妳懷孕了。」

七惠在這時首次露出了反抗的表情。但真琴並不理會，繼續往下說。

「妳要明確地告訴他，讓他知道這件事，並向他收取撫養費。我說這句話並非基於採訪妳的人的立場，而是以一位年長者的身分在給妳忠告。」

「我不會有問題的。我有穩定的工作，收入足夠撫養這個孩子。」

「我這些話並不是為了妳說的，是為了這個孩子才說的。」

「可是……有錯的人是我，撇開那個人不談，至少我的童年玩伴和這個孩子是無辜的……」

「我說的話對你的孩子而言不也是同樣的意思嗎？妳這麼想犧牲自己的話，請自便。但妳沒有理由強迫妳的孩子也一起犧牲。」

七惠反駁時的表情與兩人在咖啡店面對面交談時的模樣截然不同。

「妳和我毫無關係，為什麼要對我的事情管這麼多呢？妳別以為我不知道，我在寄信之前都已經調查過了。三浦小姐妳沒有結婚對吧。妳應該不知道養小孩有多辛苦吧？妳能夠做自己喜歡的工作，又是獲得社會大眾認同的主編，每天一定都過得很充實吧。妳這種人哪有可能明白我的心情……妳根本不懂一個女人遇見她人生中唯一一個願意愛她的男性時的感覺。」

「我可以明白這種心情。」

真琴態度平淡地說道。七惠不以為然地反駁她：

「請妳不要隨隨便便就說這種話。」

真琴從包包裡拿出手機，並顯示待機畫面給她看。七惠不解地問道：

「這個孩子是？」

「是我兒子，今年要升國三了。」

真琴對著驚愕的七惠說出了自己的真實身分。

「我也是個未婚媽媽。」

6

真琴在前一間出版社上班時，曾與已婚的上司交往過。

當時她還很年輕，不太懂得如何和異性拿捏好關係。現在回想起來，她的超自然興趣應該不是唯一的原因。當時出版社的上司是個充滿好奇心的人，看到他很愉快地聽自己說話，讓真琴十分開心。明明知道上司已有家室，她還是過沒多久就與他建立了親密關係。

真琴在二十五歲時發現自己懷孕了。孩子的父親怎麼想都是那位上司。她告訴上司自己懷孕的事，對方卻懇求她墮胎。她既悲傷又憤怒，便在一時衝動下說自己不需要名分也不需要撫養費，會一個人把這孩子好好地養育成人，然後就辭去了工作。

只要是為了養育與所愛的人生下的孩子，自己什麼都辦得到——直到生產之前，真琴都是真心地如此相信著。

但是實際上，真琴卻在剛生產完後沒多久就得了憂鬱症，有好一段時間連自己的事都無法自理，更別說是照顧孩子了。雖然親戚或朋友們嘴上都恭喜真琴生產，但她卻覺得他們並非真心歡迎孩子的誕生——雖然這說不定只是一種被害妄想——她沒有任何人可以依靠。真琴連活動身體都有困難，一天中大部分的時間都在床上度過，與幼子兩人過著有如緩慢陷入無底沼澤般的生活。

我只能和這孩子一起去死了。這樣的想法曾多次湧上她的心頭。但她還是深深愛著兒子。只要兒子露出笑容，她就會因為愛而流下淚水。對差點就要結束生命的真琴而言，這是唯一能阻止她的煞車。

由於身心狀態差到實在無法找工作，真琴開始用她一直很喜歡的超自然知識來逃避現實。反正她幾乎沒分泌多少母奶，即使是可能傷害身體的東西她也毫不抗拒。就算能夠靈體脫離或開始使用國外製造的的草藥，現實情況還是沒有任何改變，但至少她可以短暫地忘記痛苦。她因此在網路上發表心得文後，才幸運地收到了來自TONANO編輯部的聯絡。

「那段日子真的很難熬，大概比現在的妳所能想像的還要困難幾十倍。」

真琴淡然地訴說往事的模樣，似乎讓七惠開始感到害怕。

「我父母雖然願意照顧孫子，但他們聽說我從事超自然相關的工作後，好像認為我終於發瘋了。像今天這種需要外宿採訪的情況，我每次請他們代為照顧兒子，以及去接兒子時，都會被他們碎念發牢騷。不是叫我要找對社會更有貢獻的工作，就是說我兒子沒有媽媽陪很可憐，講得有夠難聽。」

但真琴除了依靠父母也別無他法。為了撫養兒子，她只能吞下反駁，不停地道歉。

「會說這種話的不是只有我父母而已。我的未婚媽媽身分、我從事的工作、我當上主編的事，這一路走來，我真的聽了很多人的閒言閒語。我本來就喜歡超自然現象，所以現在也覺得這是我的天職。多虧當時編輯部願意收留我，我才能得救，也深刻體認到自己的人生有多幸福。但我是直到最近這兩三年，兒子終於不太需要操心後，才有辦法這麼想。」

在那之前她根本顧不得什麼面子。能做的事情全都做了，無論被誰污辱都笑著當耳邊風，必要時即使內心不甘也只能低下頭來。在這十五年裡，她幾乎沒有一刻是為自己而活的。真琴的人生全都獻給了她深愛的兒子。

「我很幸運，能夠勉強走到今天這一步。但只要我在途中曾踏錯一步，我們母子應該都會撐不下去。我不希望妳也經歷這樣的辛勞。」

真琴這麼說後，七惠低下了頭。

「只要能保護這孩子，我也願意吃各種苦……」

「妳可以不用去吃這種沒有必要的苦。」

真琴自己也曾有過為孩子吃苦是種美德的想法。但撫養過孩子之後，她現在明白了。那根本不是什麼美德。

「即使母子都很健康，經濟也還算寬裕，養育孩子仍舊是很辛苦的事。妳大可以去依靠妳能依靠的人事物，也應該好好地收下妳有權利領取的金錢。」

這是真琴唯一想對十五年前的自己說的話。正因為她拚命走過來了，才有辦法肯定地說當年的自己很愚蠢。既然命運讓兩個同樣未婚懷孕的人相遇了，她的願望就是不想看到對方重蹈自己的覆轍。

七惠吐露自己還在猶豫的心聲。

「但是，如果我把所有事情都說出來，就會傷害我的好友並失去她……」

「那是這孩子的父親和妳自己該對面的過錯吧？你們做出這種行為，而且懷孕的事實已經無法改變了。雖然妳想到無辜的朋友時會覺得心痛，但這不代表妳的孩子就該因此被迫受苦。」

「我說不定也會給我父母和姊姊帶來困擾。」

「你父母應該會為妳做些什麼吧。他們在人生中累積了比妳還要長久的智慧，也對撫養妳長大一事背負著一定的責任。至於妳姊姊，則是必須拿出最大的誠意對待她。」

自七惠下巴滴下的水珠落到地板上，發出滴答、滴答的聲音。

「我想妳接下來應該會聽到很多人對妳說三道四。但即使是單親，也不代表孩子就一定養不好。」

實際上，她就把兒子養得很好。真琴是如此相信的。

「反過來說，也不是只要父母很辛苦，就一定可以養出好孩子。去投靠妳可以依賴的人，運用妳能夠用的錢，有時休息一下也無妨。愛是不能用努力的程度來衡量的。」

「我……真的可以這樣想嗎？」

「如果有人對妳說什麼無聊的話，我可以替妳一一駁倒他們。我於公於私，一直都過著可以輕鬆做到那種事的生活。在妳遇到困難時，至少我還能夠陪妳商量該怎麼做，如果妳不介意的話，隨時都可以聯絡我。」

真琴釋出善意後，又改以嚴肅的表情說道：

「但前提是妳必須盡力去做自己能做的事。現在的妳能做的，就是告訴值得信賴的親人妳懷孕了，而且一定要讓妳交往的那位男性知道這件事，然後也要記得向他收取撫養費。妳要明確地告訴那位男性，為什麼妳不再喝妳最喜歡的咖啡，以及妳收到禮物卻無法使用它的理由。」

真琴說完後便離開了公寓，留下一直雙手摀著臉，沒有回答的七惠。

7

「我並沒有告訴加納小姐本人，我們懷疑她把咖啡豆放進行李箱的事。至於我察覺到她懷孕的經過，她也認為是因為護身符被看到，沒有多加質疑。」

第三次踏進咖啡店的真琴正坐在吧台前向店員報告剛才發生的事。店員邊倒冷開水給她邊說道：

「我沒有生過孩子，無法體會妳們兩人的辛苦。但我認為這世上應該也有不少母親並未讓男方知情，選擇自己生下孩子並撫養長大。妳去找她時所說的話，可能會再次傷害到像她們這樣的人，妳難道不會覺得害怕嗎？」

「每個人的處境當然都不盡相同，我這麼做並不是想否定她們的生活方式。但我自己認為，我當初雖然告訴了孩子的父親，卻不向他索討名分，連撫養費都不拿，是很愚蠢的行為。我覺得把這項意見告訴加納小姐會比較好，就這麼做了。因為她還來得及挽回。」

她絕不會對已經選擇這種生活方式的女性落井下石。真琴希望自己無論何時都能扮演協助未婚媽媽的角色。

「對不起，是我錯了，妳真是個內心溫柔的客人呢。」

「只要年紀或地位比對方稍微高一點，就會突然想插嘴干涉年輕人的事，這是我的壞習慣。」

真琴帶著謙虛之意自嘲道。自己當年懷孕的時候，要是有人對我說剛才那些話，我聽得進去嗎？當她再次詢問自己時，心裡對此打了一個大大的問號。

即便如此，有時她還是覺得自己必須說出口。就算這些話不會帶來任何改變，但說出這些話本身一定不是徒勞無功。

店裡坐著新來的客人。店員邊沖煮咖啡邊喃喃說道：

「……我當時抱著祈禱似的心情，希望那些咖啡豆能夠膨脹。」

隨著她用煮水壺倒入熱水，法蘭絨濾布裡的咖啡豆開始產生泡沫並漸漸膨脹起來。

「這樣一來，就表示我的想法是錯的，能夠相信海鈴小姐他們真的去度蜜月，並在夏威夷買了咖啡豆。既然新婚丈夫死亡的事實已無法改變了，我覺得讓海鈴小姐至少能保有這段超自然經歷也沒什麼不好。」

但是咖啡豆並沒有膨脹。

「只要我有那個意思，或許的確能夠揭穿加納小姐的謊言，但我找不到這麼做的意義。海鈴小姐應該是真心相信自己在蜜月旅行中玩得非常開心吧。加納小姐只是想守護她的那場夢而已。所以她才會把咖啡豆放進行李箱裡，並寫信詢問TONANO編輯部是否能解釋這起事件。如果我特地去揭穿她的謊言，讓海鈴小姐自夢中驚醒，這樣實在太殘忍了。」

「妳說得沒錯。但是我們始終對TONANO的報導內容感到驕傲。就算我沒有刻意把這件我認為並非事實的事寫成報導，指出其錯誤，也不能把謊言直接刊登上去。」

店員嘆了一口氣。

「……說得也是，請妳忘了妳答應我的事吧。」

——請妳照著那位小姐和妳剛才發表的假設寫就好。

真琴點了點頭。

「加納小姐大概是想藉由自己的犧牲奉獻讓所有事情都圓滿收場，但她把人生想得太美好了。無論是報導還是懷孕，都不是她一個人的問題。」

「就算有什麼逼不得已的苦衷，她試圖欺騙並利用客人妳仍舊不是件值得讚賞的事。或許加納小姐應該要多學學用老實說出真相來拜託別人的方法。」

店員為了端咖啡給客人而離開吧台。真琴撐起手肘托住自己的臉頰。

熱愛超自然且一直在工作中面對它的真琴，始終相信超自然現象的存在。她認為即使是神，也肯定是以某種形式存在於這世上。

但是，當真琴實際目睹像海鈴夫婦這樣的悲劇時，她也不禁懷疑神是否根本就不存在。讓海鈴夫婦承受如此無情的命運，究竟又具有什麼意義？她完全不能接受這也是神的旨意的說法。

而且與無法解釋的奇蹟相比，悲劇實在是太隨處可見了。

內心充滿無力感的真琴碰了一下手機。螢幕顯示出她剛才開啟的'I'iwi Coffee的社群帳號。

真琴漫不經心按照上傳順序瀏覽起帳號裡的照片。她看了一陣子之後，忍不住用足以傳遍整間店的聲音大叫道：

「喂！妳過來看一下——」

蜷縮在她腳邊的暹羅貓被聲音嚇到，跳了起來。店員慌慌張張地跑向她。

「發生什麼事了嗎？」

「妳看這個。」

真琴把手機湊到店員面前。

那張照片拍的是一包裝在袋子裡的'I'iwi Coffee咖啡豆。雖然袋子和七惠帶來的長得一樣，但那應該是這間店平常就在使用的包裝，沒什麼好奇怪的。

問題在於它旁邊擺了一張收據。在下方的空白處有一行手寫的文字，內容如下：

Taichi & Misuzu, Congratulations!!!

真琴和店員互看對方一眼。發表日期是海鈴發生車禍的兩天前——如果把出車禍的日期假設為她結束蜜月旅行回國的那天，那這個日期就正好是海鈴聲稱他們去夏威夷的烘焙所的日子。

「說不定這天剛好有對同名夫婦為了值得祝賀的理由造訪夏威夷——」

「不。」

當真琴還想勉強提出假設時，店員搖搖頭阻止了她。

「海鈴小姐和她丈夫確實享受了一段愉快的蜜月旅程。」

真琴再次將目光移到手機上。

這世上果然是有奇蹟的——即使它遠比悲劇稀少很多。

「我會把這次的事件寫成報導的。」

真琴毅然決然地說道。店員臉上帶著微笑，眼角似乎閃過了一抹淚光。

法式濾壓壺與數個謊言

我有話要跟妳說——在他這麼告訴我的那一刻，我就已經有預感了。

當我在就讀的大學的藥學系研究室裡時，突然接到了他打來的電話。平常要是我聽到他說「我們現在可以見一面嗎」，會高興到跟搖尾巴的狗一樣，但今天的我卻只想摀著耳朵逃走。

他指定的碰面處是一間離京都市內鬧區稍遠的咖啡店。理由是這間店很安靜，我們可以冷靜地好好交談。我心想：「只是要談談而已，有需要冷靜嗎？是他自己想要冷靜，還是希望我能夠冷靜呢？」

傍晚時，他比我們約的時間晚了一點到，發現我坐在餐桌席後，就在我對面的座位坐了下來。然後等到我們點的兩杯咖啡送上來，他就如我所料地開口談分手了。據他所言，他喜歡上其他人。他說他不會再見我了，事情演變成這樣他也很抱歉——

我們交往了將近一年。與還是學生的我不同，他那種看起來像年長社會人士的舉止很俐落幹練，但有時又會展現出孩子氣的一面，讓我著迷不已。雖然他工作很忙，不太能和我見面；又自稱有潔癖，不僅不讓我去他家，連來我家時也一定會在當天離開，有不少讓我感到不滿的地方。但和他在一起時，連他的缺點我都覺得很可愛。我寧願死也不想和他分手。有些時候我甚至曾認真地這麼想。

即使聽完他的解釋，我也無話可說。我既無法答應分手，也不能反過來挽回他，只能低著頭不停地急促呼吸。大概是我的沉默讓他很不自在吧，他把咖啡喝到剩下約四分之一後，便說想去一下廁所，離開了座位。

他應該本來就不是真的想上廁所吧，大約一分鐘後就回來了，於是我對他說：

「我想在最後問你一個問題。」

「什麼問題？」

「希望你可以誠實回答我。就算只有一瞬間也好，你考慮過要和我結婚嗎？」

他露出了虛弱的微笑。

「有啊，因為我很喜歡妳。」

我再次陷入沉默。他嘆了口氣，拿起咖啡杯。

「……這位客人。」

就在這時，一位身材嬌小的女性店員叫住他，他因此停下了動作。

「有什麼事嗎？」

「你的那杯咖啡，是我今天用這個名叫法式濾壓壺的器具沖煮的。」

店員手上拿著圓柱型的玻璃容器，上面附有濾網和手把，比起沖煮咖啡，看起來更像是泡紅茶用的濾壓式器具。

「喔……這有什麼問題嗎？」

「法式濾壓壺因為使用了有縫隙的金屬濾網，可以把咖啡的油脂徹底沖煮出來，能直接品嘗到每種咖啡豆的獨特香氣，這是它的優點。但是相反地，沖煮時會有微量咖啡粉通過濾網，讓咖啡喝起來有粉狀口感，所以接受度也因人而異。」

我不懂為什麼店員要突然開始講解法式濾壓壺。店員伸出另一隻空著的手的手掌，用指尖指向他的杯子。

「我想那個杯子底部應該也有一些沉澱的咖啡豆粉末。用法式濾壓壺沖煮的咖啡不能全部喝完，應該要剩下一點點才對。我認為不要再繼續喝那杯咖啡會比較好。」

「啊，原來妳是來告訴我這件事的。謝謝妳的貼心提醒。」

他將杯子放在茶托上後，店員便伸過了手。

「那我就將喝完的杯子收走了，你要續杯嗎？」

「不，不用了。」

店員對他一鞠躬後就離開了。他再次轉頭面向我。

「如果妳沒有其他話想說，那我要先走了。」

「我想在這間店再待一下。」

「這樣啊，謝謝妳至今為我做的一切。再見了。」

他走向結帳櫃台，付了我們兩人的費用。我盯著他穿越咖啡店前院離去的背影，切實地體會到我們兩人的關係真的結束了，便開始哭泣。

我大概哭了有五分鐘那麼久吧。當我感覺到有人靠近，抬起頭時，剛才那位女性店員正拿著濕毛巾站在餐桌旁。

「如果妳不介意的話，請用。」

「謝謝妳。」

我接過濕毛巾敷到眼睛上，然後開口問道：

「為什麼妳要撒那種謊？」

「撒謊？」

「他的座位背對著妳，可能剛才並沒有看見，但我還記得。妳製作的是手沖咖啡，而非使用法式濾壓壺。」

因為我親眼看見她手上拿著煮水壺，以畫圓圈的方式注入熱水。

店員露出彷彿悲喜交加的表情，注視著我手邊的杯子。

「咖啡氣味強烈，顏色很深，又有苦味。我認為沒有比這更適合的飲品了。」

「適合什麼？」

「適合用來下毒。」

我用眼神示意她繼續說下去。

「和妳一起來的那位客人去洗手間時，我不小心看見妳在他的杯子裡加了某種東西。我心想這一定要阻止才行，就臨時編了個謊。」

「為什麼妳要這麼麻煩地繞一大圈？如果想救他的話，只要告訴他妳看見我在裡面加了東西，不要喝比較好，這樣不就行了嗎？」

店員搖了搖頭。

「不是的，我想救的人是妳。」

我嚇了一大跳。店員這麼解釋道：

「雖然我非常清楚這麼做會讓自己變成不及格的餐飲店店員，但是接下來我將告訴妳一件事。剛才那位男性客人其實至今已經來我們店裡消費好幾次了——和他的妻子一起。」

我知道這間店很安靜，他曾來過這裡是很理所當然的。不過，我沒想到他會帶我來一間與妻子來過數次的店。

「我不是故意要偷聽的，但畢竟這間店很安靜，你們交談的內容我也聽得到。我聽到他說分手的原因是有了其他喜歡的人。也聽到妳質問他有沒有想過要和自己結婚。從這些內容來推斷，妳應該不知道他已經結婚了，對吧？」

「是啊，他並沒有親口告訴我這件事。」

他有潔癖這件事並非事實，之所以不讓我進他家，也不在我家過夜，應該都是因為妻子在他家裡吧。

「如果我告訴他妳在杯子裡加了東西，根據那樣東西的性質，最糟糕的情況是妳會因犯下殺人未遂罪受罰。我不希望妳為了一個隱瞞已婚身分和妳交往的差勁男人而變成罪犯。這就是我撒謊的原因。」

「我並沒有想過要真的殺死他啦。」

我從包包裡拿出了裝有液體的小瓶子。

「我早就預料到他會提分手，就從大學的研究室拿了這個東西出來。喝下去之後可能會暫時覺得身體不適，但就只有這樣。我想他應該會連自己被下毒都沒察覺到。」

「即便如此，要是被發現了，妳還是會被問罪。」

「我只是想稍微懲罰他一下而已。不過，我也不是沒有給過他機會。」

店員疑惑地歪了歪頭問：「機會？」

「我早就隱約察覺到他已婚了。畢竟我們也在一起將近一年，如果沒感覺到半點異狀，那才叫有問題。雖然我不清楚發生了什麼事，但他一看情況不對就斬斷與我的關係，甚至連自己已婚的事都沒向我坦白就想逃走。我沒辦法容忍他這麼做，就問他了。」

——就算只有一瞬間也好，你曾考慮過要和我結婚嗎？

「我沒這個打算，我早就已經結婚了。如果他這樣老實地向我坦承，我就會原諒他，並請妳把杯子收走。但他卻撒了個顯而易見的謊，說他曾考慮過。於是我的心便在那個瞬間作了抉擇。」

「那句話……真的是謊言嗎？」

「這是什麼意思？」我頓時僵住。

「我會跟妻子離婚後再與妳結婚。我只是覺得，他也可能真的這麼想過，不是嗎？無論他再怎麼卑鄙下流，妳也不需要連被他愛過的事實都當作沒發生過吧？」

對不起，擅自跟妳說了這些話。店員這麼說道，對我低頭致歉。

明明有妻子，卻考慮過要跟我結婚？

他老實回答了我最後一個問題？

但就算是如此，又有什麼意義呢？

「我要走了。」

我這麼告訴她，從椅子上站了起來。店員問我：

「那個小瓶子裡的東西，真的不會造成生命危險嗎？」

「是的，萬一被發現我把它帶出來就麻煩了，我會放回研究室的。」

我無視還在欲言又止的店員，走到店外。

我漫無目的地走著，來到鴨川河畔。我在河岸邊坐下，又從包包裡拿出了那個小瓶子。

其實我剛才說了謊。如果量少到可以混在喝剩的咖啡裡，那只會讓人身體不適而已。不過，如果一口氣喝光這瓶子裡的東西，有可能會致死。我選了這樣的毒藥，帶去和他赴約。

——我寧願死也不想和他分手。

我打開了瓶蓋。當我把瓶子拿到嘴邊，正想喝下去時，突然想起店員說過的話。

——我想救的人是妳。

我放下瓶子，緊緊地蓋回蓋子。讓我與他的回憶被牢牢鎖在裡面，再也不會溢流出來。

與媽媽玩捉迷藏

——媽媽究竟是不是愛著我的呢？

1

我在準備打開這間咖啡店的門時緊張了一下。

如果是星巴克之類的咖啡廳，我平常也會上門光顧，但這種風格老舊的咖啡店還是第一次踏進去。我覺得自己這樣的女人去那裡很格格不入，如果店員或常客對我皺眉的話感覺也很差……好吧，或許是我太自以為是了，但我曾經有過那種想法。

一打開門就聽見一陣清脆的鈴鐺聲，從店裡流洩而出的涼意撫過我汗濕的身體。女店員看向我說歡迎光臨，她比我想的還年輕很多，讓我覺得自己白緊張了。

我立刻就找到了和我約在這裡碰面的人。

他是個穿著西裝襯衫和灰色長褲的寒酸大叔，坐在靠窗的餐桌席上。男性顧客裡只有他是自己一個人前來，對方看到我之後，也縮著肩膀沒啥自信地舉起手向我示意。他從椅子上微微抬起臀部，視線不停游移，明明已經是有點年紀的大叔了，舉止卻跟擔驚受怕的幼犬沒兩樣。

——真是噁心。

我走近大叔的座位，在他對面的椅子坐下來。當我翹起牛仔短褲下的雙腿時，大叔別開視線，好像看到什麼不該看的東西一樣。誰叫你在意這個的啊？死禿頭。

剛才的女店員端著冷開水走過來。我不知道在這種店應該點什麼才好，就隨口說了個飲料名：

「我要焦糖瑪奇朵。」

「那種飲料在這種店是……」

店員打斷正要說「沒有」的大叔，對我答道：

「我們有喔。」

這個店員笑起來還真是可愛，我心想。不過，要是我們私底下認識，應該會因為個性差太多，根本不可能融洽相處吧。像她這種清純型的女人，大部分都是個性陰險又愛情緒勒索的輕浮女，講白了就是我最討厭的類型。

大叔用自己帶來的毛巾擦了擦他那異常寬大的額頭上的汗水，對我說道：

「妳好啊，英美里。」

我撇頭無視他。

「我是下條，謝謝妳今天特地大老遠來京都見我。八月的京都應該很熱吧？」

「你想跟我說什麼？」

我希望他快點告訴我他的目的。我對他冷冷這麼說後，大叔先是驚訝地愣住，接著喝一口冷開水，彷彿想掩飾自己的反應。

——我在兩週前突然接到這個大叔打來的電話。

那時我正與朋友兩人一起在我老家橫濱唱卡拉ＯＫ。當天是平日的白天，我待會還得去上班，但我們仍舊毫不在意地喝著酒。

我在去年秋天成年了——雖然滿二十歲的那一刻是和男友一起慶祝的，但在那之後過沒兩個月我就與他分手了——明明已經不再是小孩也不是學生，但我沒去找固定工作，只在女子酒吧打工維生，對我那個擁有律師頭銜、在世人眼裡十分出色的爸爸而言，並不是什麼好事。不過，真要追究的話，其實是因為高中時爸爸管教我的方式異常嚴厲，我一氣之下離家出走，輾轉在好幾個朋友家借住，最後才會過著這種生活，所以爸爸算是自作自受，沒什麼資格抱怨。現在我因為錢不夠，只好無奈地和爸爸兩人一起住在老家，但其實真的很想盡早搬出去住。

當我正在唱西野加奈的〈戀愛使用說明〉時，手機響了起來。我本來想當作沒聽見，但來電號碼我沒看過，說不定是女子酒吧的客人打來的。若真是如此，我不接的話可能會有麻煩。

「抱歉，我接個電話。」

我邊停止歌曲邊這麼說後，和我同在女子酒吧工作的朋友琪琪便說：

「什麼？太掃興了吧！」

「我又不能不接，妳先自己唱吧。」

我留下還在抱怨一個人唱很寂寞的琪琪，走出包廂按下手機的接聽鍵。

「喂。」

「妳是結城英美里對吧？」

我聽到電話另一頭傳來明顯是老男人的說話聲，馬上就起了戒心。我在女子酒吧工作時用的並非本名。

「你是誰？」

「抱歉，嚇到妳了，我叫下條敏夫，是妳親生母親的現任丈夫。」

我的內心頓時躁動不安起來。

「……媽媽的丈夫？呃，話說回來，為什麼你會知道我的手機號碼？」

心亂如麻的我勉強擠出了這個問題。

「我是從妳父親口中得知的，因為他是律師，我馬上就查到他的聯絡方式。我一聯絡他的事務所並說明情況後，他就告訴我了。」

就算對方是媽媽的丈夫，也不該未經本人同意把我的電話號碼交給這種素昧平生的大叔，真是有夠差勁。我心想，待會得跟爸爸抱怨兩句才行。

「這樣啊……你找我有什麼事？」

「其實我有一件很重要的事情要跟妳說。我們夫妻目前住在京都，能請妳親自來一趟嗎？」

即使沒有鏡子，我也知道自己皺起了眉頭。這傢伙在胡說什麼啊？

「那是沒辦法用電話講清楚的事情嗎？」

「嗯，是的。」

「就算是這樣，應該也是你來找我才合理吧？」

「對不起，但我不能那麼做是有原因的。當然了，我會替妳負擔所有的交通及住宿費。妳想住幾晚都沒關係，如果覺得一個人前來很不安，想帶朋友同行也可以。你們可以趁機在京都觀光，或是去環球影城玩玩。」

一般來說，要是我聽到可以免費去京都旅行，就會懷疑這是不是詐騙了。但既然爸爸也知情，應該至少可以保證不會碰上什麼壞事吧。雖然多年來我和爸爸的關係一直不太好，但他畢竟不是那種明明身為律師，卻對女兒被騙坐視不管的父親。

於是我跟對方說這種事沒辦法現在立刻就決定，叫他讓我考慮一下，然後就掛斷了電話。我一回到包廂，琪琪就問我：

「打電話的人跟妳說了什麼？」

「我也搞不太懂……但對方希望我去京都找他。他說費用全都由他出，也可以帶朋友一起去。」

「這是什麼情況？他是客人嗎？」

「不……應該算是親戚？」

「聽起來超棒的耶，妳帶我一起去吧。」

「咦？妳是認真的嗎？」

「那個人也會替我出旅費對吧？那我當然會想去啊。」

我心想，既然琪琪這麼說，那就去一趟好了。反正無論發生什麼事，只要是和朋友一起，我都可以確定這趟旅行會很有趣。

所以我今天便從新橫濱搭新幹線來到京都，並造訪這間大叔指定的咖啡店，打算和他碰面。順帶一提，因為琪琪再怎麼樣都不可能有興趣陪一個毫無關係的大叔喝飲料，我就讓她自己去其他地方打發時間了。

「我想說的事情就是……」

這個名叫下條的大叔開口了。

第一次見到媽媽的丈夫，我發現他外表十分蒼老，很難想像是和我父母同年代的人。他不僅禿頭，還感覺有體臭，明明一點都不帥氣，卻好像只有性欲還沒減退，是個隨處可見的大叔。但我聽說他是媽媽的學長，兩人從她還住在京都府福知山市的老家時就是好朋友，所以實際年齡大概和媽媽差不了多少。不只是我，連琪琪的旅費也是由他支付，照理來說應該不會缺錢，但他穿的衣服卻皺巴巴的，怎麼看都不像有錢人。

我也討厭爸爸，但至少他收入高，穿著打扮很乾淨整齊，頭髮也十分茂密。看到既漂亮又是護士、皮膚還白到不輸給護士服的媽媽，在跟爸爸離婚後竟和這種大叔再婚，讓我這個女兒總覺得有點失望。

「我就開門見山地直說了，妳母親優里目前得了乳癌，正在離這裡很近的京大醫院住院，可能已經沒多少日子可活了。」

下條沮喪地垂下肩膀的動作看起來實在很像在演戲。

——我早就猜到他應該是要跟我說這種事了。

「我媽媽現在幾歲了？」

「下個月就四十五歲了。」

聽到媽媽這麼年輕就在鬼門關前徘徊，我多少有些震驚，但感覺比較像是基於同為女人的立場，而不是因為她是我媽媽。

「所以你告訴我這件事的目的是什麼？」

我佯裝不在意地詢問他。下條雙手抵在桌上，對我深深地低頭鞠躬。

「我希望妳可以去見優里一面。」

我頓時啞口無言。當那道宛如閃電的錯愕情緒消逝後，隨之湧上我心頭的是怒火。

「……當初不要我的人可是我媽喔。」

我父母是在我五歲時正式離婚的。擁有我監護權的人不是媽媽，而是爸爸。在我的生活周遭也有幾個父母離異的人，但是據我所知，只有我明明是女兒，卻由父親撫養長大。而且我還聽說媽媽在離婚後，只過兩三年就和別的男人再婚。隨著我逐漸長大，我開始把這些事情解釋為媽媽拋棄了我。

「她也是有很多苦衷才會這樣的。」

我才不想管她有什麼苦衷呢。

「妳父親是個對妻子擁有異常控制欲的男人。她的精神狀態無法承受，才不得不離婚。」

我回想起爸爸的冷冽眼神。他雖然沒有實際說出口，但那種眼神就像在說他覺得自己聰明過人，所以看不起其他人，而且一切事情都必須在他的掌控之下，這樣他才會滿意。

爸爸在教育我時也相當嚴格。我因為反抗他，結果長成了現在這個樣子。因此我也能輕易地想像出他限制媽媽行動的模樣──或者說得更確切一點，爸爸想要的應該是支配吧。支配媽媽和我。

「這當然和放棄女兒的監護權是兩回事，但是無論如何，優里那時已經瀕臨崩潰，她沒有多餘的心力和一個當律師的人爭奪監護權。」

「你說這種話，到底是想要我怎麼樣？」

我不屑地說道。

「那個人甚至沒有來找我見過半次面。」

「我聽說是因為被妳的父親拒絕了。」

「她不是可以主張自己擁有法律認可的見面權嗎？」

「應該是妳父親的手腕太高明了吧，遇上這種專家，我們根本無力抗衡。」

「就算無法見面，至少還能用其他方式和我聯絡吧？小的時候也就算了，我都已經成年了耶，她這十五年來到底都在做什麼啊？」

我看到大叔無法反駁，頓時覺得一陣惱火，便嘖了一聲。

這時女店員端來了熱咖啡和焦糖瑪奇朵。當我正在吹涼飲料時，下條呻吟似地說道：

「……優里最近痛苦呻吟的次數愈來愈多了，她經常呼喊妳的名字。」

「我的名字？」

「我和她之間並沒有小孩。這是我的第一段婚姻，原本就沒有小孩，妳直到現在仍是優里唯一的女兒。」

所以我想在最後讓她見妳一面。我心不在焉地聽著下條所說的這句話。

我覺得他們非常自私。小時候的我心裡總是懷抱著想見媽媽的念頭。她當時沒理會我的這種心情，事到如今才想和我見面？

不過——我應該基於一時的情感拒絕這項要求嗎？

一旦錯過這次機會，它就永遠不會再找上門了。

下條看我難以抉擇，又緊接著說道：

「優里呻吟的時候總是在向妳道歉。」

——對不起，英美里。真的很對不起。

「而且她還提到了公園這兩個字。」

「公園？」

這個詞彙讓我覺得很突兀，便開口反問他。

「我也問過優里那代表什麼意思，據她所言，妳們兩人之間似乎有段很重要的回憶。不過她也跟我說過，妳當時年紀還小，大概不記得了。」

雖然下條這麼解釋，但我腦中卻反而閃過了某個情景。

黃昏時分的天空。孩子們的聲音。順著太陽穴流下的汗水。手牽著媽媽時的溫度。

「我好像還記得。」

我一這麼喃喃自語，下條就驚訝地瞪大雙眼問：「真的嗎？」

「這件事應該是在我媽離婚並和我分開不久之前發生的。那時我們去了不知道是哪裡的公園，只有我們兩個人。」

我在下條提起公園前完全不記得這件事。他以一種好像自己很懂的語氣說道：

「優里應該是想在僅剩的時間裡和妳一起留下回憶吧。因為她是愛著妳的。」

真的是這樣嗎？若是如此，身為女兒的我，或許應該至少去見媽媽一次面吧。

下條見我猶豫不決，便露出微笑對我說道：

「如果妳不介意的話，可以說給我聽聽嗎？就是妳們兩個去公園的那件事。」

我彷彿被催眠似地，等到回過神時，已經開始敘述整件事的經過了。

2

爸爸對媽媽擁有異常控制欲這件事，大概是真的。

但我是現在回想起來才這麼覺得的。爸爸在我還是個小小孩，才剛學會說話沒多久時，就已經會叫我在他每天工作回來後報告當天發生的事情了。而且還是一五一十全部說出來，不放過任何一絲細節。

我之前頂多只會覺得，他是個會認真聽女兒說話的父親。但後來我重新想了一下，那其實並不尋常。爸爸一定是透過我在監視著媽媽吧。畢竟不管再怎麼要求小孩守口如瓶，他們都是不會說謊的。

媽媽應該對爸爸的這種行徑厭惡到不行吧。所以有一次爸爸難得出差不在家時，媽媽突然對我這麼說：

「英美里，我們現在就出發去公園玩捉迷藏吧。」

我那時正好很愛玩捉迷藏，馬上就答應了，但是當媽媽帶我坐上我們家的車——那是一台很常見的家用掀背車——時，我覺得有點奇怪。我和媽媽平時總是直接走去附近的公園玩捉迷藏。這當然會讓我覺得很疑惑，心想為什麼要刻意開車對吧？

後來我們的車就此上路了，那是一段久到感覺永無止境的旅程。

我以前幾乎沒有和媽媽兩人單獨遠行過，因此倒是很樂在其中。但我在車上還是想過到底何時才會抵達公園，或是懷疑媽媽並沒有提到公園，是我自己聽錯了。

「誰要當鬼呢？」

當我這麼詢問正在開車的媽媽時，她面向前方回答我：

「是爸爸喔。」

我那時聽到後只覺得：哦，原來爸爸晚點也會過來啊。

媽媽是抱著什麼心情對我說「是爸爸喔」的呢?是因為她打從心底害怕爸爸會追上來，找到我們嗎?

到頭來我還是不知道自己究竟坐了多久的車。我們在途中休息好幾次，最後真的來到了一座公園，但那時已經是傍晚了。有些小事我記得莫名清楚，例如媽媽把車子停在停車場後，從正面照過來的夕陽太刺眼，害我眼睛睜不開。

——你說我敘述得格外具體?我從小就和爸爸不一樣，腦袋不太好。但不知道是不是為了彌補這方面的不足，我的視覺記憶能力非常好。那天發生的事也被我以影像記在腦子裡了。

因為長時間坐車也滿累的，我下車後第一件事情就是問媽媽這裡是什麼地方。媽媽則跟我說，這是她小時候常來玩耍的公園。當時我還不知道她指的是哪裡，就沒有再多問，但這表示她從我們住的橫濱一路開車來到了福知山吧?那根本不是開車就可以輕鬆抵達的距離，媽媽大概是精神上快被逼到絕路了，才會不惜做出這種事吧。這是我現在再次回想後的感覺。

公園佔地遼闊，有一群小學生在那裡到處奔跑，還有個老爺爺牽著不知道是柴犬還是博美的狗在散步。

「走吧，英美里，要是不趕快躲起來，會被爸爸發現的。」

媽媽牽著我的手，帶我來到像是公園管理室的地方。那也不算組合式建築啦，但就是一間小屋。它的牆壁全都是灰色的，正面有一扇小窗戶和櫃台，可以一眼環顧整座公園，或是與使用公園的人交談。我們繞到管理室後方，看到一扇供人出入的門。

管理室內沒有任何人，門也是上鎖的。我不清楚實際情況，但大概是時間已經很晚，所以關門了吧。正當我覺得這樣沒辦法躲藏時，媽媽卻從肩上背的托特包裡拿出鑰匙，打開了門。為什麼媽媽會有公園管理室的鑰匙呢？

——媽媽的父親？哦，原來外公以前是福知山市的公務員，在退休後二次就業，負責管理公園啊。那大概是媽媽找機會拿外公的鑰匙去多打了一份吧。那把鑰匙看起來滿普通的，我想應該不是什麼難事。

我和媽媽走進沒有開燈的昏暗管理室。裡面很狹窄，而且可能因為大家都直接穿鞋進去，聞起來有股土砂味。屋內有張桌子和旋轉椅，筆記本、筆和打掃工具雜亂地擺放在各處，給人一種冰冷缺乏生命感的印象。只有位於角落的雙人沙發是奶油色的，可以感覺到一絲暖意。在暫時收留走失的孩子時肯定會用到那張沙發吧。

我和媽媽並肩坐到那張沙發上。右邊桌子上的銀色電子時鐘所顯示的數字是「05:21」。

當我盯著數字，不知道那代表什麼意思時，媽媽喃喃自語地說道：

「待在這裡的話就不會被找到了。」

媽媽當時的臉我還記得很清楚。她的表情看起來心事重重，一點都不適合玩捉迷藏。

我想她應該是因為即使順利逃離了爸爸，卻想不到該去投靠誰，正一籌莫展吧。一般來說只要回老家就好了，但在我媽媽的父母那一代，好像還是有不少人覺得離婚是件丟臉的事。或許她的父母沒辦法理解，與一個擁有響亮律師頭銜，收入也穩定的人結婚後，卻由於那個人控制欲太強而飽受痛苦，會是什麼樣的感覺。

我以為自己真的在玩捉迷藏，為了不被爸爸發現，一直沒有說話，但管理室裡連冷氣都不涼，非常悶熱。媽媽見狀後，便從包包裡拿出水壺對我說：

「我帶了做好的咖啡歐蕾來喔。」

那時我明明才五歲，卻非常喜歡喝媽媽做的香甜溫熱的咖啡歐蕾。聽說咖啡因對小孩不太好，但我那時是個不分晝夜都很會睡的小孩，從不曾因喝了咖啡歐蕾而失眠，所以我猜那裡面大概只加了一點點咖啡。我記得更小的時候，反而曾因為完全不肯睡覺，讓媽媽傷透腦筋，或許這種情況也會隨著成長改變吧。

當時正值暑氣未消的季節，媽媽大概是為了補充水分才準備的。和媽媽一起屏息躲藏時喝的咖啡歐蕾有點溫溫的，十分好喝。

喝完咖啡歐蕾後，我想我應該迷迷糊糊地小睡了一下。後來媽媽突然像是下定決心似地說道：

「英美里，我們還是回家吧。」

我嚇了一跳，便反問她：「那爸爸呢？」結果媽媽就說：「他沒有來這裡找我們。」媽媽心中一定有許多掙扎吧。但我覺得她應該也發現，一直躲在這種地方是無法解決任何問題的。

當媽媽正拉著我的手準備離開管理室時，我又看了一次桌上的電子時鐘。上面顯示的數字是「05:26」。原來我只在裡面躲了五分鐘。那時我連怎麼看時鐘都不會，但現在回想起來就覺得滿驚訝的。因為我一直以為我和媽媽兩人在那裡躲了非常久。或許小孩是一種體感時間比大人還要慢得多的生物吧。

我們走出建築物時，公園裡十分寧靜。雖然有個老爺爺在遛狗，但剛剛還在玩耍的小孩已經全都不見了。天空雖然還是紅色的，但等我坐上車時，已經不覺得夕陽很刺眼了。太陽大概是在我們玩捉迷藏時下山了吧。

媽媽在上車之前又讓我喝了一次咖啡歐蕾。不過，或許是因為不得不回家了讓我很失望，味道沒有第一次喝的時候那麼好喝，總覺得有點酸酸的。

可能是因為長時間搭車實在太疲倦，媽媽一開動車子我就馬上睡著了。我連自己回到家的時間都記不太清楚，等醒來時已經躺在家裡的床上，外面的天色也變亮了。沒想到自己竟然會直接睡到早上。我真的是個很會睡的小孩呢。我用睡昏頭的腦袋思考著昨天發生的事所代表的意義，結果卻有種這一切全是一場夢的感覺。

到了那天傍晚，爸爸出差回來了。他和往常一樣問我他不在時發生了什麼事，當我老實回答後，他嚇了一大跳。這也難怪，畢竟是帶著女兒從橫濱開車往返福知山嘛。爸爸後來大聲斥責媽媽「妳到底在想什麼」，那聲音可怕到我還有印象。

後來才過沒多久，爸爸和媽媽就離婚了。爸爸獲得了我的監護權，我一直以為自己是被媽媽拋棄的，但她長得漂亮又從事護士這種幫助人的工作，而且溫柔到我完全不記得自己曾被罵過，我實在沒辦法怨恨她，好像只因覺得寂寞而哭過。

媽媽在那之後連一次都沒有來看過我。我聽爸爸說她很快就再婚了，所以一直以為媽媽並不愛我。但是……

如果是這樣的話，我又該如何看待那天和媽媽兩人一起玩捉迷藏的回憶呢？

3

「原來是發生了這種事啊……」

下條的表情看起來像是在思考什麼很困難的問題。

就算對方是媽媽現在的丈夫，我也不打算對一個第一次見面的大叔說這件事。但是既然都想起來了，也只能這麼做。

我點的焦糖瑪奇朵很好喝，甜味和苦味的比例拿捏得恰到好處。當年那個喜歡只有甜味的咖啡歐蕾的我，已經不在這裡了。

「她明明不愛我這個女兒，卻在自己快死的時候才想見我，這實在太自私了，所以我並不會想去醫院看她。不過……在我想起去公園那天發生的事後，我覺得媽媽或許還是以她的方式在愛著我。她說不定是想帶著我想逃離爸爸，只是沒有勇氣逃到最後而已。」

「其實優里她本來是想爭取女兒的監護權的。」

下條說道。

「但是單親媽媽家庭很容易在經濟上陷入困境，因此她並未如願。畢竟妳的父親是個律師，應該很了解如何在這種爭奪中取勝。」

雖然我不清楚詳情，但是一般來說，由母親獲得監護權的情況大概是比較常見的吧。不過，既然爸爸對媽媽擁有異常控制欲，我覺得他當初應該用盡了各種手段來爭取女兒的監護權。根據我的猜想，他這麼做並不是出於對女兒的愛，更主要的目的大概是為了報復拒絕他的媽媽吧。

「優里覺得自己再也無法忍受妳父親的控制，曾經帶著女兒想逃回故鄉。但她很清楚父母不會支持她這麼做，只好先躲進她正好擁有鑰匙的公園管理室，想思考下一步該怎麼做。可是她在那裡領悟到自己不能就這樣一直逃避丈夫，於是改變主意，決定返回橫濱家中。」

下條分析整理了媽媽的行動後，更讓我覺得就是這麼一回事。

「當優里做好與丈夫離婚的打算時，她帶著妳這個女兒逃走了。這就是她其實想和妳在一起的證據。她愛著妳，一輩子都很後悔自己離開了妳。」

——對不起，英美里。真的很對不起。

媽媽從來沒對我說過的話在我的耳朵深處迴盪。

「那她連一次都沒來看過我，也是因為……」

「我不能讓女兒和一個曾經帶走過她的母親見面。妳父親應該是如此主張的吧。」

我注視著自己從短褲下露出來的膝蓋。

愛是一種模糊的東西，無法用數值來衡量，也不能用來決定監護權的歸屬。我應該早就明白這一點才對，卻老是擅自替媽媽真正的想法下定論。明明我什麼都不知道，也沒有努力去回想。

媽媽是愛著我的——而她就快離開這個世界了。

「在福知山有個關於神隱的傳說。」

據下條所言，那是一個名叫柳田國男的人在《山中人生》這本書裡寫到的。

「如果在太陽下山後玩捉迷藏，好像就會被愛拐走人的神明藏起來。我猜優里大概是知道這個傳說吧，她才會在黃昏時和妳玩捉迷藏。與其把女兒交給丈夫，乾脆讓神明把我和女兒一起藏起來好了——她心中懷著這種不切實際的願望。」

我腦中清楚浮現媽媽心事重重的表情，彷彿昨天才剛見過一般。

「說不定妳會覺得僅僅五分鐘的時間十分漫長，是代表妳真的被神明藏起來了。或許正是因為經歷過那種事，優里才會放棄一直留在那裡的想法，決定折返。」

我的想像力好像有點太豐富了——下條如此喃喃自語，難為情地吐了一口氣。

當我再次抬起頭時，心中已經有了決定。

「我會去見媽媽的——」

然而——

在我開口這麼說的瞬間，一道聲音從意想不到的方向飛了過來。

「我覺得完全不是你說的那樣。」

店裡的那位女性店員正站在我們的餐桌旁。

我再次盯著她仔細端詳。她個子嬌小，年紀應該比我大，外表卻很年輕，看起來感覺像工讀生。然而，在她修剪得十分平整的瀏海下，卻絲毫沒有浮現我剛才覺得很可愛的笑容。

「妳這是什麼意思？」下條不太高興地問道。

「我是本店的咖啡師，敝姓切間。非常抱歉，我不小心聽到你們的對話。畢竟這是一間很安靜的店。」

女性店員——切間低頭致歉。

「就算聽到了，那又怎麼樣？妳身為店員卻開口干涉顧客的家人，這簡直荒謬至極。」

誰是你家人啊？講得真好聽。我哼笑一聲，不過我和媽媽的確有血緣關係。

「我再次向你們表示歉意，但我真的沒辦法什麼都不做，眼睜睜地看著本店所重視的客人在我眼前被欺騙。」

我聽到她說話的聲音後，花了點時間才領悟過來。

——這個人正在生氣。

「妳也未免講得太難聽——」

「妳說的欺騙是什麼意思？為什麼剛才那件事完全不是他說的那樣？」

我打斷下條的反駁並詢問她。

「喂，妳……」

「吵死了，大叔你閉嘴啦。」

我一對下條怒吼，他就臉色發白地閉上了嘴。這樣就嚇到了，真是沒出息。他沒撫養過小孩，大概也沒有被年輕女人反抗的經驗吧。

「我想聽聽看這個人要說的話，在沒有聽完之前，我是絕對不會去見媽媽的。」

因為切間看了我一眼，我便點頭表示允許。切間先是清了一下喉嚨，然後就開口了。

「聽了英美里小姐的敘述後，我發現有幾個不太對勁的地方。第一個是回程時的情況。英美里小姐妳上車後馬上就睡著，等醒來時已經躺在自己家裡的床上，外面的天色也變亮了。」

她說得沒錯，所以我點點頭。

「就算妳是個很會睡的小孩，這樣還是睡太久了吧？就算假設外面的明亮天色代表的是日出時分，妳也等於是睡了一整晚喔。」

「不過，如果我很累的話，的確有可能會睡那麼久……而且我也不記得自己中間到底有沒有醒來過。」

切間似乎不太認同我的說法，但還是繼續往下說。

「根據英美里小姐的記憶，她只玩了短短五分鐘的捉迷藏。但在公園裡玩耍的小孩們卻在五分鐘內全都不見了，這一點又該怎麼解釋呢？」

「那只不過是時間點的問題罷了。」下條駁斥道。

「但是帶狗散步的老爺爺還在啊。」

當我也表示相同意見時，切間語氣尖銳地回擊了。

「英美里小姐妳擁有優秀的視覺記憶能力，連當時發生的事都記得一清二楚對吧？但妳談到狗的品種時卻是這麼說的——不知道是柴犬還是博美。」

「這……我有點想不起來了，而且我是從遠處看見的，也有可能是因為這樣才難以分辨。」

「是這樣嗎？但我覺得柴犬跟博美在體型及毛皮觸感上都有很大的不同。」

「如果是令人印象深刻的事也就算了，不記得陌生人牽著的狗是什麼種類，本來就很正常吧。」

我覺得下條說得沒錯，但——

「如果是忘記或認不出狗的品種，還可以用這點來解釋，但妳卻記得那可能是柴犬或博美對吧？妳的記憶模糊地介於兩者之間，這就是我想不通的地方。」

「喂，到底是哪一種？」

我狠狠瞪了一眼逼問我的下條，陷入沉思，但馬上就搖了搖頭。

「不行，我既覺得那好像是柴犬，也覺得那或許是博美。」

切間滿意地微笑一下，又舉出另一個不對勁的地方。

「妳還說過，妳上車的時候，已經不覺得夕陽很刺眼了對吧？妳們在管理室裡只躲了五分鐘，就算加上移動時間，大概也差不多只有十分鐘，太陽會在這麼短的時間內下山嗎？」

「是因為那時剛好就是太陽下山的時候吧。」

我很納悶為什麼下條要這麼認真地反駁。

「既然英美里小姐的母親帶著女兒開車從橫濱長途跋涉到福知山，以常理來說，應該都會以為她是鐵了心想逃離丈夫才對。那她為什麼只在管理室待了五分鐘就改變主意，決定回家呢？」

「管理室最多只能待到明天早上，如果沒有其他去處，她們也只能回家了吧？」

「所以她連找老家的父母商量看看都沒試過嗎？再者，既然福知山是她的故鄉，她有心要找的話，說不定至少能問到一個肯讓她借住一晚的朋友啊。」

「優里是個心思細膩又敏感的人，她沒辦法厚臉皮地去拜託別人這種事，才會毫無抵抗地被丈夫控制，即使被逼到絕境也只能選擇逃跑。」

切間沒有像打網球時的截擊一樣馬上反駁，而是深呼吸一口氣後才開口。

「我不清楚優里女士的個性，既然身為丈夫的你這麼說，或許真的就是如此吧。至於其他問題，我也沒有足夠明確的證據，可以百分之百否定你的反駁。」

「既然如此，妳就不要再……」

「但是，我忍不住想到了一個假設，可以更直接地解釋我至今指出的許多可疑之處。」

「妳說的假設是什麼？」

我往前探出身子問道。

切間告訴我的，是連身為當事人的我都從未質疑過的驚人真相。

「英美里小姐實際上應該不是在公園的管理室待了五分鐘，而是十二小時又五分鐘才對吧。」

4

我整個人都呆住了，說不出話來。我所有的力氣都用來避免直視這句話背後代表的恐怖意義。

「妳少說傻話了，一個五歲的小孩哪有可能乖乖地待在那裡長達十二小時。」

下條口沫橫飛地反駁道。相較之下，切間的態度則冷靜得可怕。

「一般來說應該是這樣沒錯，不過，如果她被人下了安眠藥，情況又會如何？」

「妳說……安眠藥？」

「優里女士在那時是一位護士對吧？既然如此，對她而言，安眠藥應該算是唾手可得的東西吧。她利用藥物強制女兒入睡，讓她把傍晚五點誤認為早上五點，製造出十二小時的空窗時間。」

根據切間的補充說明，我在管理室看到的電子時鐘，在傍晚那時顯示的數字，就足以證明是分為上午與下午的十二小時制了。我不清楚媽媽事前究竟知不知道這件事，但無論如何，她應該都覺得我不會記得時間吧。

「事情有可能像妳說得這麼順利嗎？就算能用安眠藥讓她睡著，也沒辦法調整睡眠時間。而且要是萬一沒拿捏好，讓幼兒吃安眠藥可是會危及生命的。」

「所以她應該已經事先實驗過好幾次了吧。」

聽到這句話後，我頓時面如土色。

「英美里小姐，妳曾說過自己是個很會睡的小孩。優里女士一開始只給女兒服用少量的安眠藥，然後再逐漸增加劑量，並觀察出女兒吃下多少量之後能夠睡多久。」

「等等，我不記得媽媽有餵我吃過藥。」

我拚命地否認這件事。

「我那天絕對沒有吃藥，在那之前如果是一兩次的話也就算了，但平常媽媽根本不會固定餵我吃藥。」

「那應該就是她把藥混在咖啡歐蕾裡了吧。」

切間直白又坦然地說出這句話，我不禁嚇得目瞪口呆。

「英美里小姐妳很喜歡喝咖啡歐蕾，妳母親注意到之後就利用了這一點。強烈的甜味和咖啡的苦味應該能夠大幅掩蓋安眠藥的味道。妳那時明明是幼兒，卻沒有受到咖啡因影響，仍舊睡得很好，這就是證據。」

「所以我說我睡得很好，是因為只放了一點點咖啡在裡面，這其實是我誤會了……？」

「優里女士說不定一開始只是基於照顧孩子很累等理由，想讓孩子順利入睡，才會在飲料裡下藥。但她後來卻察覺到，可以利用這個方法來製造空窗時間。」

我在更小的時候，是個完全不肯睡覺，經常讓媽媽傷透腦筋的小孩。經她這麼一說，我發現自己突然變得很愛睡覺的時間點，好像和喜歡上咖啡歐蕾的時期是重疊的。

「英美里小姐妳似乎沒有在管理室裡睡著的記憶，但妳還記得自己是在喝了咖啡歐蕾後才迷迷糊糊地打起瞌睡的對吧？我猜英美里小姐妳那時喝下的咖啡歐蕾裡，應該就放了劑量足以讓妳睡著十二小時的安眠藥吧。」

所以我那時才會覺得自己好像玩捉迷藏玩很久嗎？我實際上真的在那裡待了十二小時——那並不是什麼被神明藏起來造成的。

「然後在第二次上車之前，英美里小姐妳又喝了咖啡歐蕾。如果妳在車上保持清醒的話，就會察覺到現在的時間不是傍晚，而是早晨，優里女士在此時也必須讓女兒睡著。」

「這一切全都只是妳的臆測吧？妳能夠證明優里真的做了這些事嗎？」

下條看起來很不以為然，好像覺得事情都經過十五年了，根本不可能找得到證據。但切間仍舊不為所動。

「雖然不能說是明確的證據，但我的話是有根據的。」

「妳說的根據是什麼？」

「就是咖啡歐蕾的味道變了這件事。」

那時咖啡歐蕾的滋味的確很明顯地變糟了。我嘗到了很強烈的酸味。

「咖啡會隨著時間經過氧化，導致走味。尤其是酸味，會變得格外強烈。因為溫度愈高氧化速度就愈快，如果趁熱把咖啡裝進保溫效果好的水壺裡，味道就會更容易變糟。」

「但是，從橫濱開車到福知山的話，無論速度多快，單程都要花上起碼六小時。也就是說，當英美里進入管理室的時候，咖啡歐蕾已經裝在水壺裡超過六小時了。如果妳想拿氧化當理由的話，那時喝起來應該早就走味了才對吧？」

「雖然這只是我的臆測，但應該是因為優里女士攜帶水壺出門時，裡面的咖啡歐蕾是完全裝滿的吧。這麼做的話水壺裡的含氧量自然就降低了，可多多少少防止咖啡氧化。但是她讓英美里小姐飲用後，水壺裡的空氣也跟著增加，後來就產生氧化反應了。英美里小姐那時應該是嘗到氧化反應導致的味道變化吧。」

她的解釋很有說服力，有種不愧是咖啡店店員的感覺。

「那我想不起來狗的種類是哪一種，也是因為……」

「因為在黃昏及早晨遛狗的老爺爺並不是同一個人。可能其中一人牽的是柴犬，而另一人則是博美吧。妳應該是因為兩個老爺爺體型剛好長得很像，才會誤認成同一人。而且在小孩子眼中，老人是有可能比狗還要難辨別的。」

「如果是清晨五點的話，或許還有人在公園遛狗，但根本不可能會有小孩子嘛。」

「是的，這個看法比他們在短短五分鐘內就回家還要合理許多。妳看到的夕陽應該也是一樣的情況。有一句俗話叫『朝霞不出門，晚霞行千里』，意思是一般來說出現晚霞的隔天會放晴，出現朝霞後則往往會下雨，但據說有時看到晚霞後，隔天早上也有機會看得到朝霞。英美里小姐妳們乘坐的車子是朝向西邊停放的，夕陽會從正面照過來，但早上的太陽位於東邊，妳才會覺得陽光已不那麼刺眼。」

先前切間列出的好幾個可疑之處，就像是被施了魔法般一一消失。

「英美里小姐妳在敘述這件事時曾提到『當時正值暑氣未消的季節』，這表示妳很清楚地記得那是發生在九月左右的事對吧？大家都知道九月有個節氣是秋分，那時晝夜的時間長短幾乎是相等的。所以在京都，清晨五點升起的太陽，會在傍晚五點時落下。」

所以媽媽就利用這種情況，讓我把大約十二小時的時間誤認成五分鐘了。不過，當時我才五歲，不太可能看懂電子時鐘的數字代表的意義，只要能讓我把日出誤認成日落，應該就足以達到目的了吧。

「不過……她為什麼必須做這種事呢？」

切間聽到下條的問題後，反應很冷淡。

「不用說也知道，她應該是想在女兒睡著的期間做一些事吧。例如——和外遇對象幽會之類的。」

「這太荒唐了！」大叔頓時勃然大怒，「妳的意思是，她為了做這種事，把吃下藥睡著的女兒丟在沒有人的管理室裡長達十二小時？」

「我覺得她實際上應該不是整整十二小時都把女兒放在那邊不管……但是趁丈夫出差不在時與其他男人幽會，這本來就是時有所聞的事。她在幽會的時候不能帶女兒同行，這在離婚調解時會讓她陷入不利。畢竟要讓一個五歲的小孩貫徹謊言是極其困難的。」

「但她大可以請親人或朋友代為照顧，如果真的找不到人，也可以送去有全天候服務的托兒設施……」

「這樣是行不通的。」我嘆著氣說道：「爸爸是那種會叫我把一整天發生的事全告訴他的人。他光是知道媽媽丟下我自己出門，就有可能會起疑心了。媽媽只能想辦法誤導我，讓我以為自己一直和她在一起。」

「話雖如此，但既然都要下藥讓女兒睡著了，帶著她一起去幽會反而還比較安全吧？」

「如果在幽會時看到她女兒一直昏睡不醒，對象難免也會覺得不太對勁吧。而且絕大多數的人只要聽到她讓女兒服下大量安眠藥，應該都沒辦法若無其事地繼續與她交往。優里女士也很清楚這一點，所以她非得隱瞞真相不可。」

她只要向幽會對象謊稱自己把女兒暫時交給父母照顧就好。畢竟對方自己也是外遇的當事人，基本上不可能會把她的謊言洩漏給其他人。

「不用說也知道，如果帶著女兒一起行動，就算服了安眠藥，還是會增加她醒過來的風險。那時是九月，即使是夜晚，讓她留在車裡睡覺的話，中暑的危險性還是極高，而且掀背車又沒有可以避人耳目的後車廂。相較之下，管理室只要鎖上門，就不會受到外界干擾，所以優里女士才會覺得這樣比較安全吧。說不定她還用毛毯蓋住女兒，這樣即使有人從窗戶往內偷看，也不會被發現。」

我不記得自己曾被蓋上毛毯之類的東西，但畢竟我連自己被下藥昏睡都沒有察覺到，對媽媽而言，即使蓋上了毛毯，要在我睡醒前把它收起來應該也不是什麼難事。

「那她至少可以讓女兒睡在自己家裡……」

「如果只讓女兒睡了一整晚，英美里小姐會把自己睡眠時間不正常的事告訴父親，這樣優里女士還是會被懷疑。所以即使優里女士讓女兒睡在自己家裡，她還是必須採取一些因應措施，例如讓女兒搞混傍晚或早晨等等，但是因為她的幽會對象在福知山附近，我覺得她應該很難這麼做。」

若她在傍晚讓我睡著後就從横濱出發，即使是搭乘新幹線、飛機或夜間客運巴士，也不可能在幽會後趕在隔天早上日出之前回到家。如果是往返至少需要十二小時的自家用車，那就更不可能了。

雖然我這麼想，但下條仍舊不肯罷休。

「她可以去程時搭新幹線，回程再搭長途計程車，或是選擇異地還車的租車方式。」

「但重點在於優里女士實際上並沒有採用這些方法。我猜應該是因為與其把女兒留在家裡長時間昏睡，放在公園的管理室距離更近，她無法看顧女兒的時間也更短，反而比較省事吧。既然優里女士都決定這麼做了，再去追究她為什麼不選擇其他方法也沒什麼意義。」

這番話讓下條一時語塞。

「還有一點，如果英美里小姐把早晨誤認為傍晚，並聲稱後來整晚都在睡覺，那優里女士到頭來還是無法證明她那晚究竟去了哪裡。不過，若優里女士選擇開車載著女兒從福知山返回横濱，至少她可以證明自己那晚有六個小時是在車上。」

我忍不住「啊！」地驚呼一聲。

無論有沒有把早晨誤認為傍晚，我都會覺得自己睡了一整晚。但如果媽媽在我睡著時從福知山開車到橫濱，就可以證明她至少有六個小時是在開車。

「所以優里女士才會刻意以開車的方式往返福知山。只要她聲稱自己是在晚上七點左右離開福知山，就表示最快也要到晚上十一點左右才會抵達橫濱。此外，雖然不管她幾點出發，能拿出不在場證明的還是只有晚上那六小時，但帶著女兒開車往返橫濱和福知山這件事給人的衝擊性更強烈，因此連帶懷疑她是否在那段空窗時間與人幽會的可能性也比較小。」

我記得爸爸後來曾大聲斥責媽媽「妳到底在想什麼」。切間說得沒錯，開車往返橫濱與福知山是相當異常的行為，足以轉移爸爸對幽會的注意力。

下條板著臉陷入沉默。他的肩膀看起來似乎在抖動。

我向這位事到如今才得知妻子的瘋狂行為、大受打擊的大叔白了一眼，對切間問道：

「我沒結婚也沒劈腿過，有點不太懂。有人會因為外遇就不惜做出這種事嗎？」

偷偷摸進管理室，用安眠藥讓女兒睡著，並開車往返橫濱與福知山。她大費周章地做出這些事，就只為了和對方約一次會，我總覺得很不划算。

「我認為愛情所產生的衝動，一般來說是他人無法去想像及衡量的……」

切間先是彷彿經驗豐富似地這麼說，然後才回答我。

「話雖如此，我推測優里女士會這麼堅持要與對方幽會，可能有兩個重要原因。第一個是她丈夫出差不在家。而且即使不是這種情況，她的丈夫也是個控制欲極強的男人，甚至會藉由女兒來監視妻子的行動。所以對於心中已另有所屬的優里女士而言，他這次難得出差是千載難逢的機會。」

正如我之前說過的，爸爸因為出差不在家是很少見的事。

「至於另一個原因，則是這次幽會對優里女士而言，或許具有特殊意義。」

「特殊意義？」

「你在一開始曾經提到過，優里女士下個月就滿四十五歲了對吧？」

「是、是的。」

切間突然向下條確認，他雖然有些驚慌，還是點了點頭。

「現在是八月，所以代表優里女士的生日是九月。換句話說，在十五年前的九月，她即將滿三十歲。她在該月份做出這麼古怪的行為，真的只是巧合嗎？」

就算聽到這段解釋，應該還是有很多人認為不合理吧。但我卻不禁有種恍然大悟的感覺。

想和自己最喜歡的人一起度過代表人生里程碑的一天——去年和男友一起度過二十歲生日的我來說，這是再自然不過的想法。

「我雖然沒有厲害到可以得知那天究竟是不是她生日……但要是她丈夫正好在那天出差的話，總覺得又有點太巧合了。反過來想，也有可能因為正好是生日當天，才讓優里女士產生了這麼做的衝動。」

「即便如此……她的行為還是太瘋狂了。」

下條的聲音聽起來很沙啞。

「無論理由是什麼，這都是不對的。為了與外遇對象幽會，就用藥讓女兒睡著，再把人留在公園的管理室裡，這根本不是正常人會做的事。我雖然沒有養育過孩子，但也明白這個道理。哪怕對自己的孩子只有一丁點的愛，也不可能會做出那麼恐怖的事來。」

下條似乎想藉此表示自己無法相信妻子會做這種事，並改變話題的走向。但他其實應該也已經察覺到了——察覺到這樣的袒護毫無意義。

「既然如此，你的這句話應該就是答案了吧？」

切間如我所料地這麼說後，便帶著充滿憐憫的眼神，將殘酷無情的現實直接擺在我面前。

「優里女士並不愛她的女兒——她想和丈夫離婚，與另一位男性重啟新人生，一直視英美里小姐為阻礙。」

5

我心中那個模糊但始終穩固的溫柔媽媽形象，正漸漸脆弱地崩潰瓦解。

「……我想問妳一件事。」

切間轉頭面向我。

「妳告訴我這麼殘酷且現在已無法挽回的真相，目的究竟是什麼？」

「妳覺得不要知道反而比較好嗎？繼續相信妳母親是因為愛妳才帶妳去公園，會讓妳覺得比較幸福嗎？」

「這……我也不知道……」

我頓時感到畏懼，因為切間的態度實在太嚴厲了。

「既然她只因為外遇就不惜做出這種事，那想必是足以讓她思考是否共度未來的人吧。那裡是她的故鄉，但在單一地區不太可能有很多這樣的對象。雖然只是我的推測，不過當時的幽會對象，會不會就是下條先生呢？」

「…………」

當下條正回答不出來時，切間又繼續追問道：

「你應該有頭緒吧？十五年前的九月，你的確有一晚曾在福知山市附近與現在的太太幽會。」

「……沒想到妳竟然連生日這一點都看出來了。」

下條揉了揉自己的眉頭。

「我和優里是從小就很要好的朋友。她因為受到丈夫控制而疲弊不堪，我經常透過電話或簡訊聽她抱怨，結果就在不知不覺間演變成了彼此相愛的關係。當時我還是未婚，有好長一段時間沒有交往對象，內心十分孤獨寂寞。我那時肯定是哪裡不對勁……連我自己都這麼覺得。」

雖然下條原本就和我差很多歲，是個和我活在不同世界的大叔，但在這短短一兩個小時內，他看起來好像又老了十歲。

「我可以發誓，我一直到剛才為止都不知道真相會是如此。沒想到優里只為了見我一面，竟不惜做出這種跟惡魔沒兩樣的事來。她說自己把女兒寄放在老家，我卻完全沒有懷疑過她說的話。」

「你這種說法只是想把責任全推到媽媽身上而已吧？」我不屑地說道。

「就算妳不相信也沒關係。為了不愧對自己的良心，我接下來要說的都是事實及真心話。如果我知道優里把睡著的女兒放在公園的管理室裡，我就算用揍的也會逼她去接女兒，並且毫不猶豫地與她斷絕關係。就算知道她丈夫有多異常，也心疼她的痛苦，我還是會這麼做。她竟然為了我瘋狂至此，這讓我相當害怕。」

「但你剛才還是試圖掩蓋真相，對吧？」

切間的追問比女孩酒吧裡使用的碎冰錐還要銳利。

「你今天明明知道優里女士是為了和自己幽會才會做出反常行為，卻還試圖欺騙英美里小姐對吧？你甚至還撒了與現實完全相反的謊言，說優里女士愛著她的女兒。」

「我太害怕了……我不敢面對真相。」

下條以雙手摀住了臉。

「我從以前就一直很喜歡她。我知道她已婚，也有一個女兒，但我只要能和她在一起就好，總是盡力滿足她的任何願望。老實說……當我聽到她不打算帶女兒一起走時，我覺得很奇怪。當然了，如果她選擇當單親媽媽，應該會過得很辛苦，不過她是護士，也說過自己可以賺到足以獨自撫養女兒的收入。而且我打從一開始就很積極地想和她再婚。」

「可能是因為對媽媽來說，要帶著我和你再婚會讓她有點遲疑吧。」

我一自暴自棄地這麼說，下條就發出了像慘叫的聲音。

「我們早就談過這件事了！我跟她說我不介意。我沒有要說什麼『因為那是我愛的人的女兒』之類的好聽話，我只是單純覺得這麼做是很自然的一件事。但是優里最後並沒有帶女兒一起走。當我問她理由時，她是這麼回答的。」

——我這個人是不是已經壞掉了呢？

——我一點都不覺得自己的女兒很可愛。

「聽到這些話後，我直覺認為自己和她之間不應該有小孩。所以我們夫妻才會到現在都還是維持兩人生活。」

在那一刻，我感覺到自己的內心有股冷風吹襲而過。

——這個人早就知道了。他知道媽媽並不愛我。

「不過，臥病在床的優里是真的想見妳。否則我根本沒有理由做現在這件事。在這十五年裡，我覺得她已經知道自己犯的錯有多嚴重，也一直很後悔。所以她才會在夢裡呻吟，想跟妳道歉。」

「真的是這樣嗎？但我聽起來卻覺得她只是想在死去之前了結一樁心事而已。」

切間的言詞十分辛辣。此刻的我因為太過震驚與混亂，無法開口，她這句話彷彿在代言我的感受，我很感謝她。

切間轉頭面對我說：

「我覺得妳不需要去醫院。」

下條則欲言又止。

「這個人明明知道妻子真正的想法，卻對妳撒謊，說妳母親是愛著妳的。而且目的還不是為了妻子，而是想自保。然後妳母親則是連一次都沒有來找妳見過面，等發現自己快死了，才終於想到要向妳道歉。」

真是一對無可救藥的夫妻。雖然切間並沒有直接說出來，我卻打從心底這麼覺得。

「我可以想像英美里小姐在這段與父親共同生活的十五年裡，也經歷了種種辛酸苦難。她對這些事情完全不聞不問，到了自己死前才請求妳的原諒，這麼做難道不會太自私嗎？血緣關係其實沒有那麼重要。妳大可以隨心所欲地活著，不需要被這種東西糾纏住。」

一陣有如時間停止般的寂靜籠罩了整間咖啡店。

說真的，我覺得切間的正義感相當煩人。為什麼要擅自替我作主？這和妳又沒有什麼關係。

但是與此同時，我也冒出了這樣的想法：

如果待在我身邊的不是只想控制女兒的父親，更不是無法愛女兒的母親，而是這種熱心到有點煩的成年人——也許我的人生會過得比現在更正常一點。

我站了起來，堅定地說道：

「我要去醫院。」

我對著眉毛快皺成八字形的切間舉起緊握的拳頭。

「我不是為了大姊姊妳所想的那個理由才去的。既然都知道自己在十五年前受到那麼過分的對待了，如果不去揍她一拳洩恨，我是不會甘心的。」

我要算的帳還不只這筆。

她害我在這十五年裡飽受孤獨。明知道爸爸是有問題的人，卻還是把我留在他身邊自己離開。她對我沒有愛，所以從沒罵過我，害我一直誤以為那是一種溫柔。

為了把這些帳全部算清楚，我必須去見媽媽。趁我再也沒機會這麼做之前。

「如果是那樣的話，我沒辦法帶妳……」

我笑著打斷驚慌失措的下條。

「是京大醫院對吧？既然你都告訴我了，想阻止我是不可能的。你不如和我一起去，這樣或許還比較能放心。」

下條一聽到我這麼說，似乎就放棄抵抗了。

我讓下條去櫃台結帳，走出咖啡店。在穿過大門時，我轉頭對切間說道：

「謝啦。」

切間靜靜地搖了搖頭。她的身影和只存在於我記憶中的理想媽媽重疊在一起。

我們搭計程車，一下子就抵達京大醫院了。

下條熟練地在醫院內前進，辦好手續並前往病房。病房入口旁的名牌上寫著她的名字：

下條優里女士

媽媽。

美麗的媽媽。

溫柔的媽媽。這十五年來，我一直很想見妳。

當我們再次見面時，我會有什麼反應呢？是照著我之前誇口說的那樣，先揍妳一拳嗎？還是看到妳就快死掉的模樣，以及令人懷念的笑容後，就會忍不住原諒妳呢？

我打開病房的門。

不要拒絕他

「歡迎光臨，清水先生。」

我一穿過咖啡店的大門，已見過好幾次的女店員切間便在吧台後方露出笑容。

店內有三位男大學生圍坐在靠窗的餐桌席旁。三人臉上都掛著能用「偷偷竊笑」形容的表情，感覺隨時會從椅子上站起來。除此之外店裡沒有其他客人。

——沒時間了。

我舉起手掌制止打算從吧台走出來的切間，迅速坐到吧台前。

「今天也和平常一樣是熱咖啡嗎……」

「不，我要看菜單。還有……」

我邊回答邊從自己攜帶的手拿包裡拿出筆盒，拉著掛在拉鍊上、仿造京都市營地下鐵御陵站站名招牌外型設計的鑰匙圈，打開了筆盒。接著抓起放在裡面的原子筆，抽出一張直立在桌上的餐巾紙，潦草寫下一句話後拿給切間看。

切間看到那句話後驚訝地倒抽一口氣並默默點頭，開始清洗用過的餐具。

這間塔列蘭咖啡店是在附近獨居的我很喜歡的地方，我經常為了轉換心情等理由獨自造訪這裡。我尤其感謝這裡的兩位店員對待我時的距離感，無論我多常造訪，他們也從不追著我問東問西，除了報上姓名外也幾乎不和我說話，讓我感到很舒適——不過，也有可能只是因為切間不知道該跟我這個年紀比她大上一輪的大叔聊什麼，另一位老店員藻川先生也似乎只對年輕女性感興趣，即使去年生了一場大病還是如此。

雖然交情不深，但我畢竟是常客，對店員們的特質還是有一定程度的了解。特別是自稱咖啡師的切間，有著異於常人的敏銳頭腦，有時能輕易解決客人帶來的謎題。正因為曾親眼目睹類似情景，我今天才會造訪這間店。

我雖然翻開菜單，但腦袋根本就沒有在讀上面的字。正當我焦躁不安地撥弄著平常只會戴在右耳的耳環時，切間突然對我喃喃說了一句話。

「──」

我知道那句話的正確意思，但坐在店內角落的藻川似乎還沒有意會過來。

「妳剛才是說『直筒式』嗎？幹嘛特地把自己的褲子版型說出來呀，人家一看不就知道了嗎？」

「叔叔你先不要說話啦。」

切間瞪了藻川一眼。

「你今天還沒有去採購對吧？快去。」

「妳怎麼可以對一個病人這樣呼來喚去的呢？」

「你哪算病人啊？雖然離上次手術才快滿一年半，但現在根本就是活繃亂跳嘛。之前那麼擔心的我簡直就像個笨蛋。」

「講得好像我死了還比較好一樣……唉，算了。那我先出門啦。」

藻川踏著悠哉的步伐離開了店內。剛才那群男大學生的其中一人趁機從椅子上站起，朝著吧台走過來。即使穿著薄針織衫，還是可以看出他擁有十分結實的體格。

「不好意思，店員小姐。」

「是的，有什麼事嗎？」

聽到大學生的呼喚，切間停下洗碗的動作，笑著回答他。

「我叫大津一，是××大學理工學院三年級的學生。我參加一個名為『剛道』的柔道社團，今天是和社團的朋友們來到這間店……」

「謝謝你們光臨本店。」

即使一突然開始自我介紹，切間仍舊不為所動。

「所以，那個……其實我之前就對店員小姐妳很有好感，如果妳不介意的話，請和我交往！」

一彎下腰，伸出了右手。他的手腕上戴著印有梵文的橡膠手環。

另外兩個自稱是朋友的學生正以戲謔的眼神看著一。切間一臉害羞地答道：

「呃，那個……一下子就交往比較困難，但如果是先當朋友的話就可以。」

「謝……謝謝妳！」

「哇！真的嗎？太好啦——！」

「喂，真的成功了嗎？」

坐在座位上的兩位學生興高采烈地吹口哨，走到一身旁拍打他的肩膀和後背，很像大學生會有的反應。

後來一和切間交換聯絡方式，與朋友摟著肩離開店內。可能是因為這間店很少出現那種類型的客人，原本害怕地蜷縮在角落椅子下的貓咪查爾斯一邊四處張望，想知道風暴是否已過去，一邊小心翼翼地走了出來。

繃緊的神經終於得以放鬆，我深深地吐出一口氣。切間像是已經等不及和我獨處似地問道：

「我那樣回答沒問題嗎？」

「嗯，妳幫了我大忙，真的很謝謝妳。」

我向她道謝，並看了一眼餐巾紙上的潦草字跡：

不要拒絕他

「我沒有時間詳細說明，而且那時的情況根本也無法這麼做。但我還是懷抱期待，覺得如果是切間小姐妳，或許能察覺到原因，並按照我的指示行動。妳是一位十分聰慧的女性，當時的我顯然並沒有看走眼。」

「這沒什麼，你過獎了。」

切間揮了揮手。但我已經知道她是基於謙虛才這麼說。

「不，妳應該至少對整件事有一定程度的了解才對。而那對我來說就是正確答案。否則妳不會對我說出那句話。」

「太好了，看來你聽懂了。雖然叔叔好像誤以為我們是在聊褲子版型。」

美星小姐輕笑了一下，我也跟著笑起來。接著，我對她說道：

「如果妳不介意的話，可以讓我聽聽妳的推理過程嗎？關於我為什麼會下達這個指示的原因。」

「但是……這樣好嗎？如果我的想法是對的，這件事應該牽涉到很敏感的問題，我不覺得這是一個可以為了好玩去隨意猜測的話題。」

切間有些不知所措。

「我無所謂。如果是因瞎猜而胡說一通的話，我也會覺得不舒服，但我很肯定這種事不會發生。既然如此，我想知道切間小姐妳究竟看出了多少事情。」

我再次勸切間回答後，她便用手遮住嘴，清了清喉嚨。

「那我就說出我的想法了。那個人——大津一先生是清水先生的情人對吧？」

數秒後，我慢慢地鼓起掌來。

「哎呀呀，沒想到妳竟然連這件事都看出來了。」

「真是不好意思。」

切間輕輕地低頭致歉。

「妳說得沒錯，我們是同志情侶。」

我和一是在偶爾會在京都市內舉辦聚會的同志社群認識，並開始交往的。一是個就讀優秀大學的大學生，他察覺到父母對他的未來寄予厚望，也期待他娶妻生子，使他無法對任何人公開自己的同性戀身分，才會滿懷苦惱地加入那個社群。

從我只在右耳戴耳環就可以看得出來——此舉通常是同性戀者用來自我宣示身分的

方法，尤其是在國外——我並沒有隱瞞自己的性向。但是與性別密不可分的話題往往令人厭煩，所以我很喜歡這間店，這裡的人不會隨意亂問客人的交往情況。說不定切間之前早就察覺到我的耳環所代表的意思了。

我的年紀已經超過三十五歲，也擁有各式各樣的人生經歷，所以正以自己的方式在享受身為同性戀者的生活。但是一還很年輕。雖然最近這十年來，我感覺到人們對LGBTQ族群的看法已經產生極大轉變，但相較於歐美各國，這個國家對此族群的理解還有很多進步空間。因此一決定在大學的社群裡，或是親戚家人這種特殊人際關係中隱瞞自己的同性戀身分，並認為這是目前最好的選擇，我也能明白他的想法。

「我在那三個人一走進店裡時，就覺得他們的態度有點奇怪了。後來我透過無意間偷聽到的談話內容，察覺到其中兩人似乎正在鼓吹另外一個人，要他主動追求我。」

切間磨著準備拿來煮給我的咖啡豆，淡淡地說道。

「到這裡為止還算是偶爾會發生的事，所以我即使覺得有點煩，卻沒有很在意。但是就在這時，清水先生你出現了，還為了不讓任何人聽到，用手寫文字告訴我『不要拒絕』。當我在心中問自己這代表什麼意思時，唯一想到的只有接下來可能會發生的來自男性的告白。」

當時店裡沒有其他客人，切間只能得出這個結論。

「問題來了，為什麼我不該拒絕這個男人的追求，即使它乍看之下十分輕浮呢？我藉此察覺到，對該男性而言，這應該不是他真心想要的告白。如果他是認真的，要是我假裝答應了，最後只會傷害他。因此我就猜想到，那位男性肯定是受到周遭近似霸凌的施壓，才不得不跑來追求我，而只要我接受他的要求，他所承受的壓力應該就可以告一段落。」

所以她在那時也已經察覺到我和一互相認識了。不用說也知道，這就是我一踏進店裡，便能夠斷言他們是大學生的理由。

「不過，如果要看出我和他是情侶，光靠這些證據還是很牽強呢。」

切間露出好像覺得很欣慰的表情，對我說道：

「因為你們都隨身攜帶著可以暗中代表彼此名字的東西啊。」

我掛在筆盒上的御陵站鑰匙圈外型是仿造京都市營地下鐵的招牌，但御陵站也是京阪大津線的起始站。因為是「大津線的第一站」，可以代表一的姓名。

另一方面，一手腕上戴著的手環是清水寺境內的隨求堂販售的護身符，以讓遊客在模仿菩薩腹中的黑暗裡前進的「胎內巡禮」而聞名。這手環的包裝上清楚地寫著「清水寺」的字樣，與我的姓氏相同，一總是把它當成我的替代品配戴在身上。

雖然切間指出的證據是對的，但兩者應該都不是一眼就能看出與名字有關的東西。我又再一次地對她的聰慧感到敬佩不已。

「其實我以前也碰過類似的情況……但那時因為不夠體貼客人，結果造成對方的不快。從那之後我就一直努力以不著痕跡但仔細入微的方式在注意客人的舉動。」

「所以妳才會連一丁點線索都不會錯過吧，實在是太厲害了。」

切間幫了我這麼多，我有義務向她解釋整件事的來龍去脈。在確定店內只有我們兩人和一隻貓後，我開口說道：

「一在大約一小時前聯絡了我。」

——清水先生，快幫幫我。

「據說他的社團朋友看見他存在手機裡的男性照片，懷疑他是不是同性戀。畢竟他參加的是柔道社團，後來對方好像就吵著說，如果他是同性戀的話，會覺得被他碰到身體很噁心。」

「唔……」切間皺起了眉頭。

「一堅稱自己並不是同性戀，結果其他人就開始追問他有沒有喜歡的女性了。以當時的氣氛來看，他只要講出名字，其他人很有可能會叫他立刻告白。如果他身邊至少有一位女性朋友知道他是同性戀，那問題還好解決，但不巧的是，他想不到有誰能夠幫他這種忙。」

所以一就假裝說要去廁所，暫時離開座位，然後打電話向我求助了。

「當時的情況刻不容緩，所以雖然有些獨斷，但我腦中第一個想到的人——就是切間小姐妳。如果對象是咖啡店店員，一就可以用「看到人後產生了好感」當理由隨口敷衍過去，也不需要擔心會影響到現實生活中的人際關係。而且正如我剛才說過的，我對妳的聰明才智抱有期待。」

切間似乎覺得要是這時說出過度謙虛的話，可能會妨礙我交談，便繼續保持沉默。

「當然了，如果有辦法的話，我也想先趕來這裡說明情況。但是偏偏我當時正好在其他地方辦事，如果一在社團朋友的逼迫下必須帶他們前往這間咖啡店，就算我動作再快，也不可能趕在他們之前到達這裡。我最後來得及告訴妳的就只有剛才那句話了。」

不要拒絕他。我相信切間只要聽到那句話，就會願意提供協助——應該說，我當時也沒有其他方法能選。

「如果切間小姐妳當場拒絕了一——若沒有我的指示，妳十之八九會這麼做——那他今後可能也會一直被其他人如此對待，直到出現一位願意配合他的女性為止。但是，多虧切間小姐妳的巧妙回答，他這陣子只要一直假裝自己正在追求妳，那些懷疑他是同性戀的想法最後肯定會煙消雲散。真是不知道該如何感謝妳才好。」

「我並沒有做什麼了不起的事情。」切間的言下之意似乎是指她對一的苦惱無能為力，「不過，如果你們覺得我有稍微幫上一點忙的話，我會很開心的。」

「妳願意對我說自己是直同志，我真的覺得很高興。」

切間當時一邊清洗餐具一邊說的是以下這句話。

——我是直同志。

「直同志這個詞指的是能夠理解並支持LGBTQ族群的人。妳知道這個詞彙且願意用它來表明自己的身分，真的讓我感到既安心又可靠。」

「其實我一度很猶豫，不知道該不該用這個詞稱呼自己。我在性別這個議題上還有很多需要學習的地方。但是當時的我實在想不到其他方式，可以只讓清水先生你一個人知道我想支持你們的立場。」

「別這麼說，只要妳有這份心意，我就很高興了。因為我們還不至於嚴格到要你們必須更正確地理解我們的情況後，才能夠表達支持。」

切間停下了磨著咖啡豆的手。不久之後，一股濃郁的咖啡香氣便飄了過來。

「這次的事情不只涉及強迫他人出櫃，連看到手機裡的照片後大驚小怪地吵鬧的行為，我覺得也算是未經本人許可就擅自公開對方的性向。現在或許是暫時敷衍過去了，但我很擔心一先生今後的處境。」

「謝謝妳的關心，不過，這是一必須自己面對的問題。當然了，我會盡我所能地支持他，而且我覺得光是有妳這樣的直同志在我們身邊，他就已經很幸運了。」

切間把一個裝滿咖啡的杯子放到我面前。就在這時，一陣清脆的鈴鐺聲響起，有人打開了咖啡店的店門。

「清水先生。」

站在那裡的人是一。他露出十分緊張的表情，肩膀因為喘得很厲害而上下起伏。

他一看到我的臉，雙眼就湧出了淚水。

「對不起，我把和你交往這件事搞得好像是必須隱瞞的祕密一樣——」

「沒事的。」

我走到一身邊，抱住了他。

「沒有任何人可以強迫你說出你不想說的事情。」

一在我的懷裡放聲大哭。我看到切間在吧台後方拿出新的濕毛巾，撕開上面的包裝袋。

尖身波旁的奇蹟

1

她就坐在桌子對面的座位上，但我無法直視她的眼睛。

「既然你說現在還是沒辦法結婚，那可以告訴我理由嗎？」

河野鈴海正在生氣，同時也感到很悲傷。我們交往的時間不算短，我現在已經能夠清楚地察覺到她的情緒了。

在十月一個晴朗的週六下午，我和女朋友河野鈴海一起來到京都市內的某間咖啡廳。陽光穿過窗戶照進店內，雖然整間店走的是復古風，卻有一對很年輕的男女店員，還有一隻蜷縮在角落椅子上的暹羅貓。店內客人不少，整個空間都充斥著讓人感到莫名懷念的咖啡香氣。

好久不見的鈴海看起來有點消瘦。她的眼妝感覺比平常濃，或許是為了掩飾疲憊的神色。

我們在職場同事的介紹下開始交往，到現在差不多快一年半了。在這段期間發生了許多事，有好的也有壞的。世上的情侶大概都是這樣，我不覺得我們是因此才交往得不順利。但這是我們第一次長達兩個月沒有見面。

鈴海比我小四歲，今年即將滿三十歲。我們當初認識時，她就未曾掩飾過自己對結婚的渴望，我們也是以此為前提開始交往的，因此我並不覺得她的態度是一種負擔。

不過，等到真的要討論是否決定結婚時，情況就不同了。兩個月前，或許是我一直不肯求婚讓她感到不耐煩了，當我們兩人深夜躺在我家的單人床上時，她突然對在一旁打瞌睡的我提議說：「我們結婚吧。」

我心裡是很高興的。這是我的真實感受。

但我沒有點頭同意。

連我自己也不太清楚理由是什麼。在我二十幾歲時，或許還會想要享受自在遊玩的單身生活，但現在的我已幾乎不那麼想了。當我把鈴海視為配偶時，也沒有什麼不滿或不信任感。我很幸運地生長在一個良好的家庭環境裡，也不是對成家有抗拒感或強烈的不安。

話雖如此，我就是沒辦法以積極的態度面對結婚這件事。這也是我近年來雖然和好幾位女性交往過，關係卻總是無法持久，最後都分手收場的原因之一。光是能和鈴海持續交往長達一年半，對我來說就算是有所突破了，但只要一談到結婚，我就不得不承認自己內心很明顯地在猶豫不決。

明知道這樣很殘忍，我還是只能如此回答她。

「妳可以讓我考慮一下嗎？」

雖然她只語塞了幾秒鐘，但那段時間充滿令人窒息的濃烈情感。

「……你說的一下是指多久？」

「我不知道……但可以讓我暫時和妳保持距離嗎？我覺得只有在沒有鈴海的情況下，才能確定自己是否想和妳一起度過未來的人生。」

即使現在回想起來，我還是很訝異自己竟說了這麼自私的話。但我希望能和鈴海坦誠相對，毫不掩飾地表達真正的想法。這是我能夠多少表示一些誠意的方法。因為要是我們輕率地結婚，結果帶給她無法彌補的傷痛，那情況會比現在可怕許多。

她嘆了口氣，從床上坐起來。

「好吧，那我今天就先回去了。」

平常的我不會讓鈴海在這麼晚的時間獨自離開。但我察覺到她想一個人獨處，所以那天晚上我並未阻止她。

在那之後的兩個月裡，我和鈴海只會偶爾用手機的通訊軟體聯絡，沒有見過半次面，甚至連電話都不打。我不只一次忍受不了寂寞，萌生想見她的念頭，但又覺得這麼做的話，會害自己好不容易逐漸清晰的真正想法又變得模糊，於是拚命地忍了下來。

當然，在那段時間裡，我也自己採取了一些行動好找出答案。無論最後抵達何種結果，我都不會後悔自己決定和鈴海保持距離。

然而——

雖然尚未在兩難之中做出抉擇，但我今天還是為了某個理由約鈴海在這間咖啡店見面。

因為有個我在兩個月前完全沒想過的問題浮上了檯面。

我像是仍在逃避鈴海的視線似地喝了一口男性店員端來的熱咖啡，對她說道：

「其實我懷疑自己可能正在被以前的女友跟蹤。」

「跟蹤？」

鈴海反問，驚訝地雙眼圓睜。

「那是你因為不想結婚所找的藉口嗎？」

「妳想太多了，我不會做這種不誠實的事。」

「但你之前明明從來沒提過類似的事情，現在卻突然說自己被跟蹤……」

「我不知道『跟蹤』這個表達方式是否正確，但我身邊發生了一些顯然很古怪的事。如果那個人暗藏著什麼不良企圖，最慘的情況就是我或鈴海妳可能會因此遭受某些傷害。」

「就算你這麼說，我還是沒辦法馬上相信。」

「我也不想相信，但凡事總有萬一。老實說，我因為很擔心這件事，現在沒有多餘的心力能判斷要不要跟妳結婚。」

她雙手短暫地握了一下杯子後問道：

「你可以先敘述一下詳細情況給我聽嗎？」

我點頭並喝了一口咖啡後，便開始說起這兩個月所發生的事。

2

在我暫時保留求婚答覆的隔天，鈴海傳了一則訊息給我。

她沒有責怪我。不過，她在對我的猶豫表達一定程度的理解後，得出了以下結論：

我覺得一太你可能生病了。

這與其說是譴責，感覺更類似同情。

生病？

我如此回覆訊息。

這種病或許沒有明確的稱呼，但你的前女友們都沒有什麼不好的地方，對吧？

我以前也和鈴海聊過這個話題。我近年來交往過的女性，雖然基於情人的立場大概沒辦法看得很客觀，但她們的個性都很好相處，我對她們也沒有什麼不滿。可是不知為何，我就是無法在關係中維持熱情。

如果一太你說你無法和我結婚，那我會乖乖放棄，但我覺得要是不解決你目前面臨的問題，以後可能還會一再發生同樣的事情。

鈴海繼續傳來訊息。

或許是吧。

我回答。

其實我之前因為工作的關係精神狀況不佳，曾接受過心理諮商治療一陣子。不過我去的不是醫院，而是諮商師自己開設的私人心理諮商所。那位諮商師對我來說非常優秀，多虧了那個人，我才有辦法振作起來，所以如果你有興趣的話，要不要也試試諮商呢？我覺得這對一太的人生而言是很重要的問題。

我很感激她給我的建議。我用那種態度對待她，她就算恨我也是理所當然的，但她還是放下自己的感受，擔心我的未來。

既然如此，聽從她的建議應該算是多少能報答她恩情的方法吧。

我撥打了她告訴我的號碼——那是個手機號碼，她說這樣才不會出什麼差錯——最後我和對方約好，要在下週末接受諮商。

我懷著忐忑不安的心情處理平日的工作，並在週六那天前往諮商師告訴我的地址赴約。

那裡乍看之下是棟普通的公寓，讓我有些不安，但是當我站在設有自動鎖的大門前按下對講機後，諮商師好像正在等我，立刻就打開自動門。我走到房間前時，發現房門正面掛著一塊寫有「財前諮商所」的小黑板，心裡就沒有剛才那麼不安了。

諮商師就站在敞開的房門後。她是個看起來和我年紀相當，或是比我再年輕一點的女性，戴著給人聰慧印象的細框眼鏡。她邀請我進入的房內擺著看似用來接待客人的沙發與桌子，但整個房間感覺還是偏向一般住宅，不過當諮商師解釋「因為目前還沒有足夠資金租其他地方，這裡也是我居住的地方」後，我就明白了。

我聽從指示在沙發上坐下後，她就馬上開始諮商了。

「你就是淺井一太先生對吧，我是心理諮商師財前美加子。」

我看向她背後的牆壁，上面掛著一張裱框的臨床心理師證照。我沒有諮商過，之前光聽到是私人機構就覺得不太可信，但如果是擁有正式執照的諮商師，應該值得信賴。

「我是淺井，麻煩妳了。」

「是河野鈴海小姐介紹你來的吧，你今天想談的問題是什麼呢？」

「其實我和鈴海因為結婚的事……」

我人生中的第一次諮商，過程基本上和我想像得差不多。我一說自己遇到感情問題，財前諮商師就開始針對原因提出假設，並詢問我各種問題。例如我和父母是否相處融洽、是不是太過自卑的關係、有沒有因過去的戀情留下心理創傷……在諮商師的協助下重新審視自己是很新奇的體驗，就算無法直接解決目前的煩惱，也讓我在這段時間裡學到不少。

諮商的費用是一次一小時六千日圓，不算便宜，但和財前諮商師交談的感覺很舒服，後來我仍以兩週一次的頻率繼續接受諮商。後來在第三次諮商，也就是我和鈴海保持距離已過了一個半月時，我決定和她聊聊我談過的某段戀愛。

那是發生在距今約十年前的事情——二十三歲的我曾與一位女性交往過。

她的名字是反町葵。我們是小學同學，在交往前一年舉辦的同學會上重逢，後來就因此開始交往。

我們在小學時不曾同班過，又念不同國中，兩人在小時候沒什麼交集。長大後的葵個性既溫柔又直率，是個看起來十分出色的女性。就連有點粗心的小缺點也是她的魅力之一，我馬上就迷上了她，而她似乎也對我有好感。

不過，即使是如此迷人的葵，還是有個讓人擔心的問題。她太介意別人的看法，就算不喜歡也無法拒絕對方。

我問了才知道，她父母在她國中時離婚，雖然她在母親的要求下並未更改姓氏，但從那之後就一直和母親兩人獨自生活。她母親大概因此吃了不少苦，原本的溫柔個性像是換了一個人似地變得很歇斯底里，開始動不動就對葵發脾氣。據說她母親經常在心情不好時拿東西扔她，或是乾脆不給她飯吃。

雖然到了我這個年紀就會知道是怎麼一回事，但國中時的她還只是個孩子。葵因為害怕被母親討厭會活不下去，開始不斷地努力去做會讓母親高興的事。後來這件事似乎也影響到她在家庭外的人際關係，即使長大成人了，她的言行舉止還是處處都在顧慮別人的臉色。

對任何人都保持溫柔又直率的態度，這其實是件好事。但她那種不管對方做什麼都無法拒絕的個性，有時反而會害她惹禍上身。

在同性眼中，她的態度看起來像在勾引男人，使她經常招致厭惡。但是另一方面，她也很容易讓異性誤以為是在表示好感，所以遭受性騷擾或跟蹤等行為傷害的情況並不少見。由於無論性別為何，她在面對來自他人的加害行為時都不敢反抗，遭遇過的危險事件也不勝枚舉。

不用說也知道，應該受到譴責的是那些想危害她的人。我不覺得葵做錯什麼。但這並不代表她不用保護自己，也不需要採取任何預防措施。因為等到真正發生什麼事時就來不及了。

我很擔心葵，想盡可能地保護她。我在約會後一定會送她回家，就算她不是和我一起行動，只要她回家的時間比較晚，我也會開車去離她家最近的車站接她，因為車站位置很偏僻，晚上的街道十分昏暗。我不只買了對戒讓她配戴，想讓其他異性與她保持距離，也曾送過防身用的催淚噴霧和電擊棒。我覺得這些措施或許可以稍微改善她的情況。但這麼做當然無法徹底解決問題，在我們交往的期間，我還是聽了好幾次她的恐怖經歷。

當時的葵仍和母親住在一起，但她已經出社會工作了，我建議她可以搬出去獨立生活。我覺得如果她能遠離母親，原本太過在意他人臉色的習慣說不定會變得沒那麼嚴重，而且就算不考慮這一點，只要她住得離職場或鬧區近一點，在回家路上感到害怕的機會應該也會減少。但是葵雖然能夠理解我如此提議的用意，卻始終沒有下定決心付諸實行。從我的角度來看，葵與母親似乎陷入了一種互相依賴的關係，再加上還得考慮經濟壓力的問題，才無法脫離原生家庭。

為了讓葵不再嘗到害怕的滋味，讓她能夠生活得更輕鬆自在。基於這個念頭，我除了採取行動，也給了她許多建議。現在的我因為年紀增長，應該不會再像那樣一味地要她接受我片面的想法。雖然我當時完全是為了她好，但是對她來說大概會覺得我是在指責她有錯。

我們是相愛的。這一點我和她彼此都很清楚。但我們兩人的關係還是開始出現裂痕。

那時我正好大學畢業，剛開始工作，身心都不夠從容有餘，也導致情況更加惡化。而與葵的關係產生的壓力再加上工作壓力把我逼至絕境，使我的健康狀況亮起了紅燈。而葵也同時面臨了家庭失和、與外人相處時的小爭執，以及與我之間的摩擦等問題，過得相當痛苦。我們兩人都變得愈來愈憔悴，簡直就像是彼此交纏在一起，一邊互相拉扯一邊墜入黑暗深邃的沼澤底部一樣。

抉擇的時刻已迫在眉睫。無論我有多麼深愛葵，也知道沒有比拋棄她更殘忍的行為，我還是沒辦法犧牲自己的感受。既然如此，能夠選擇的路就只剩下一條了。

我決定與葵分手。明知道她正深陷痛苦之中，我卻選擇了逃跑。

在夜晚的公園裡，我在我們多次坐著促膝長談、充滿回憶的長椅上向葵道別。

她在我要離開時朝著我背影呼喚的聲音，至今仍在耳邊縈繞，久久不去。

——你別走。

我明知道不該這麼做，卻忍不住停下了腳步。

——別丟下我一個人……拜託你。

即使流著淚水，咬著牙，但我還是頭也不回地離開了。

隔年公司批准了我提出的調職申請，我移居到了京都。繼續待在與葵一起生活過的都市實在太痛苦，我寧可搬離故鄉。

無論兩人有多麼喜愛對方，也曾為此努力過，最後仍以失敗收場，這次的經驗讓我徹底厭倦了戀愛。難以壓抑的無力與虛脫感佔據了我的心。我也無法擺脫對於葵的罪惡感，甚至曾真心地認為，在她尚未獲得幸福之前，像我這樣的人是不配擁有幸福的。這種想法並不是因為餘情未了，畢竟我們在那麼痛苦的情況下分手，我哪有可能還希望與她重新來過。但那些失敗的記憶仍在我心中埋下了對戀愛的強烈空虛感。

我現在可以明確地斷言——那時的我還很年輕，所以才會這樣。

但隨著我的人生繼續往前走，還是出現了一些我喜歡的人或喜歡我的人，也和幾位女性交往過。但我對她們的感情總是很快就冷卻下來。就算彼此相愛，最後仍是一場空，這樣的想法有如除草劑般滲入我內心的土壤，使我剛萌芽的愛情枯萎凋零。我在這十年間一直重複經歷了同樣的事情。

當我傾訴完這段漫長的心事後，財前諮商師深深地點了幾次頭，對我說道：

「淺井先生你那時的戀愛經驗可能導致心理創傷，導致你現在仍對結婚裹足不前。」

我並沒有忘記與葵之間發生的事。應該說，那不是我想忘就能忘的回憶。

但那已經是十年前的事了。我不想承認它至今仍影響著自己的人生。

不過，這次我在接受諮商的過程中又重新面對了這個現實，老實說，我覺得鬆一口氣。雖然我早就隱約察覺到了，但把這段連對我的情人都無法開口的過去告訴一位專業人士，並以假設方式初步找出原因後，即使情況沒有任何改變，心情還是變得稍微輕鬆了一點。

當然了，我不會因此覺得這是可以輕易治好的問題。畢竟過去是無法改變的。

「我還有辦法對結婚抱持積極的態度嗎？」

聽到我這個愚蠢的問題後，財前諮商師露出柔和的笑容如此回答：

「淺井先生你想不想這麼做才是重點。我們就一步一步來，慢慢地解決這個問題吧。對了，我想先確認一下，你剛才說的事情……河野小姐知道嗎？」

我覺得這問題有點奇怪，回答道：

「我沒告訴過她，但也不打算隱瞞。如果鈴海跟妳問起我諮商的狀況，妳可以告訴她這件事，我不會介意。」

——我的心態尚未出現改變，但我很慶幸自己決定接受諮商。這應該不是個可以在短時間內解決的問題，所以我打算再持續一陣子看看。雖然事到如今才想把十年前發生的事好好收尾並不容易。

我原本是這麼想的，但——

在上次諮商後的十天，也就是上週二時，發生了一件事。

當我白天在公司的辦公室處理文書工作時，手機收到來電通知。我看到顯示在螢幕上的名字，心臟猛跳了一下。

那是反町葵打來的電話。

我每次更換手機時都會把通訊錄資料搬到新手機上，所以我知道現在這支手機裡也有葵的電話號碼。但是想也知道，這是我們分手後她第一次打電話來，我已經大概十年沒看過這個號碼了。

我的緊張情緒瞬間到達頂點，很猶豫到底該不該接起來，但來電鈴聲仍響個不停。

我想，她會特地打電話來，肯定是為了很重要的事。該不會是我們都認識的人，例如國小時的朋友發生了什麼不幸的意外？如果是那樣的話，我就一定得接了。

於是我伸手按著左胸，先走到辦公室外後才接起電話。

「……喂？」

「啊，淺井先生！工作辛苦了！」

那個聲音毫無疑問地是來自我所熟悉的葵。但她的口氣十分開朗明快，我有點反應不過來。情況好像不太對勁。

「喂？是葵嗎？」

「嗯？喂喂？真奇怪，你是淺井先生沒錯吧？」

「是的……呃，好久不見了，我是淺井一太。」

在幾秒的沉默後，我聽見葵有如發瘋般的尖叫聲。

「啊——！我打錯了——！」

我不知道究竟發生了什麼事，感到十分困惑。

「妳說妳打錯了？」

「我有個同事也叫淺井，本來是想打給他的……結果好像是因為沒有仔細看螢幕，就不小心打給一太你了。真的很抱歉！」

我聽完葵的詳細敘述後才知道，原來這通電話是她開車辦公時用連接汽車導航系統的手機打的，但因為沒有時間細看手機螢幕，才會把相同姓氏的我誤認成通訊錄裡的同事，不小心按下通話。

「幸好妳是因為這樣才打給我，我原本還以為是出了什麼大事呢。」

我鬆了一口氣地說道，心想葵好像到現在做事情還是有點粗心，真是完全沒變。

「抱歉啦，害你嚇了一跳。不過我們真的好久沒見了呢，你過得好嗎？」

「嗯，我過得很好喔，妳呢？」

「我也很好喔。對了，我接下來還要再開一陣子的車，如果你不介意的話要不要陪我聊聊？難得有這個機會，也順便報告一下彼此的近況吧。啊，還是你正在上班，不方便說話？」

「我是無所謂，但妳不用打電話給同事嗎？」

「沒關係啦，那不是什麼急事。」

於是我便暫時放下工作偷懶，與葵閒聊了大約半小時。她的語氣和以前完全一樣，我聊著聊著就沒那麼緊張了，甚至還有辦法被她的玩笑話逗笑。

「原來一太你現在住在京都啊。」

「我已經搬來這裡很久了，沒有人告訴妳這件事嗎？」

「大家大概是顧慮到我的感受，都不會跟我聊一太你的事。」

「這麼說好像也對。妳沒有搬離家鄉嗎？」

「嗯，感覺算是和以前差不多吧。」

「所以妳現在還住在老家？」

「沒有啦，我已經結婚了。雖然沒有生小孩，但我過得很幸福。」

即使葵隨意地坦白說出這麼重要的事，我也毫不震驚。考慮到她的年齡和已經過去的歲月，這根本沒什麼好意外的。我反而比較高興她遇到想結婚的對象，而且也離開母親獨自生活。

「原來是這樣啊，恭喜妳。」

「謝謝。那一太你呢？」

「我還是未婚啦，不過目前有交往對象了。」

即使在電話中，我也感覺得到葵露出了微笑。

「這樣啊，希望你們感情愈來愈好。」

「是啊，我會努力的。」

後來她說自己快抵達目的地，就掛斷了電話。當我把手機從耳邊拿開時，甚至懷疑這三十分鐘內發生的一切只是一場符合我期待的美夢。

葵的態度看起來對我毫無怨恨之意。我雖然很想就當時拋棄她的行為向她道歉，但總覺得提起這件事只是為了讓自己感到好過一點，既然她和我分手後已經順利獲得幸福了，別說出口或許才是對的。

即便如此，還是有些地方引人疑竇。我一向諮商師坦承葵的事情，竟然就接到了她本人打來的電話。不過，既然世上也有人提倡「吸引力法則[1]」或「鏡像神經元[2]」等理論，這種內心想法看似影響到現實世界的現象，大概也沒那麼少見吧。

當我說完這些話後，鈴海十分詫異地開口：

「所以你十年前的心結已經解開了吧？那你應該會開始考慮結婚這件事，不是嗎？」

「我原本也是這麼認為的，但是我仔細想了一下之後，發現情況有點奇怪。」

所以我急忙聯絡鈴海，得知她只有週六有空後，就取消諮商預約，約她今天出來見面了。

「你說的奇怪是指……？」

「鈴海妳是在一年半前才開始和我交往的，會不知道也很正常啦。其實我的手機在兩年前換了電信業者，電話號碼也在那時一起改了。」

鈴海大概察覺到我想說什麼了，臉上浮現驚訝神色。

「現在跟朋友聯絡時已經很少會用到電話號碼了，雖然我基於需求，有告訴幾個人我換電話號碼的事，但並不是通訊錄裡所有人都會通知，更別說是告訴葵了。」

換言之，葵在使用手機通訊錄時不小心打給我的這種偶發事件是不可能發生的。

「既然如此，我想得到的可能原因就只有一個。」

在說出這句話的瞬間，我突然有種咖啡店的室溫一口氣下降了好幾度的感覺。

「她以某種方式查到我現在的電話號碼，並在打給我時謊稱自己打錯了電話。雖然不知道她有什麼目的，但這應該也算是跟蹤的一種吧？既然如此，在我跟鈴海結婚時，很難說絕對不會出現與葵有關的問題。在這項隱憂消失之前，我沒辦法判斷自己究竟該不該和鈴海妳結婚。」

3

鈴海低下頭，陷入了沉默。

1　吸引力法則，一種主張人際關係可藉由正面或負面想法，進而導致正面或負面結果的概念，亦泛指吸引具有類似思想的人，同時又被對方吸引的過程。根據此法則，兩個具有相似心態的人會彼此吸引。

2　鏡像神經元，當動物在執行或是觀察到其他個體的動作時，大腦中的某些神經元的活性會增加，在腦中模仿、重現該動作或情緒，使動物產生感同身受的認知。有些學者認為鏡像神經元與人類的表情認知、情緒傳遞和同理心有關，也使人類可透過模仿學習新技能，因此在人類文明的發展中扮演重要角色。

店內播放著現代爵士樂，其他桌的客人正和樂融融地談天說笑。在此時談論自己被前女友跟蹤的話題，感覺實在很格格不入。

我邊喝著咖啡邊等了一會，見鈴海還是沒有開口說話，便先向她道了歉。

「抱歉，我說這些話應該嚇到妳了。」

「沒關係啦，反正我知道你是在擔心我。」

鈴海的語氣恢復了活力，像是有人拿熱水淋在她凍僵的身體上一樣。

「葵小姐的行為的確很令人費解，但是只因為這樣就認為她在跟蹤你，會不會太快下定論了？」

「我用跟蹤這個詞或許是有點誇張，但是葵查出我的電話號碼後打給我是不爭的事實。我怕打草驚蛇，也不敢直接去問她本人為什麼要這麼做。」

「她也有可能只是突然想念起前男友，用假裝打錯電話的方式打給你而已吧？我覺得這件事沒有你說得那麼稀奇。」

「只因為這樣就特地想辦法打給我？葵她自己都結婚了。」

「這有關係嗎？不如說因為她結婚了，所以也不可能再和你迸出什麼新的火花。」

「……妳這麼說好像也沒錯。」

我說到這裡時，腦海突然閃過一個疑問。

「其實葵說自己結婚了也未必是事實吧。」

「等等，你這句話的根據是什麼？」

「既然都可以謊稱打錯電話了，她所透露的其他資訊也有可能是假的啊。」

「所以你的意思是，葵小姐其實現在是單身，因為想和前男友復合才打電話給你？一太，這不管怎麼看都是你想太多了吧？」

「我的意思沒有妳說得那麼誇張啦。但她知道我現在有交往對象後，就算為了逞強而騙我說自己已經結婚，我覺得也沒什麼好奇怪的。」

「但是我聽一太你剛才的敘述，好像是葵小姐先說自己已經結婚的耶。」

她直接點出我話中的錯誤。

「我收回她是為了逞強才說謊的推論。不過，葵先說出她已經結婚的事，確實讓我也比較願意坦白自己有交往對象。」

「就算她是真的想探聽一太你的近況，也不可能撒這麼容易被拆穿的謊啦。畢竟你們是國小同學，只要跟其他同學確認一下，馬上就知道她是不是在騙人了啊。」

我雙手環抱胳臂，陷入了沉思。

雖然知道她說自己打錯電話是騙人的，但我直到剛才為止都沒有懷疑過她已婚這件事的真實性，也根本沒想到要去確認真偽。當然了，正如鈴海所說的，這很有可能只是我想太多。但我覺得她是否已婚這件事或許可以當成線索，用來找出她打電話給我的目的。

「妳等我一下，我去打通電話。」

我從座位上站了起來。鈴海問道：

「你要打給誰？」

「打給翔吾啊。我想跟他確認葵是不是真的結婚了。畢竟在我的國小朋友裡，也只有他到現在還是跟我很要好。」

「哦，是翔吾啊。」鈴海喃喃說道，露出恍然大悟的神情。

船田翔吾是我在國小時就認識的朋友。我們目前在工作上剛好都被配屬到關西地區，因此到了這個年紀還是一直保持密切聯繫。

我以前曾經介紹鈴海的女性朋友給沒有女友的翔吾認識，還用通訊軟體建了四人聊天群組互相聯絡過一陣子，也實際約對方出來一起聚會玩耍好幾次。雖然在翔吾被鈴海的朋友甩了之後，我們之間就沒有再繼續交流，但這就是鈴海之所以認識翔吾的原因。

「翔吾和我不一樣，好像到現在還是很常跟我家鄉的那些朋友聯絡，所以我覺得他說不定也會聽到一些與葵的私生活有關的話題。」

「你真的非得確認這件事不可？」

「有機會查證資訊的正確性的話，當然是要盡量把握啊。雖然有點抱歉，不過妳就等我一下吧。」

我留下開始忙著操作手機的鈴海，暫時走到咖啡店外。

太陽還高掛天空，氣候仍炎熱到使人冒汗。於是我稍微離開咖啡店所在的建築物，移動到一棵綻放著可愛白花且帶有尖刺的樹木旁。

我一撥打電話，翔吾就馬上接起來了。

「喔，是一太啊，怎麼了？」

「翔吾，我有件事想問問你，你現在方便講電話嗎？」

「我人在家裡，沒問題。」

除了翔吾低沉又清晰的嗓音外，還隱約可以聽見有人在說話。我猜那大概是電視的聲音。他似乎正在用擴音模式跟我講電話。

「然後呢？你想問什麼事？」

「其實我想問的事跟葵有關。」

「你說的葵是反町葵？那不是你的前女友嗎？為什麼你會跑來問我啊？」

「翔吾，你說過你現在還會跟我們國小時的那些朋友聯絡對吧？你有聽他們提過葵是不是已經結婚的話題嗎？」

「喂，你可別跟我說你到現在還對她舊情未了喔。一太你不是已經有鈴海了嗎？」

「我要說的不是那個意思啦，反正你知道的話就告訴我吧。」

翔吾不再開玩笑，簡短地回答了我。

「她已經結婚了，在三年前的時候。」

「真的嗎？」

太好了，葵沒有撒謊——當我正打算放下心來時，翔吾卻接著說出了我完全沒料想到的話。

「不過，聽說她已經離婚了，大概是差不多一年前的事情吧。」

我一時不知該如何回答。

現在是據說每三對夫妻中就有一對會離婚的時代。雖然我也看過有人批評說這句話不能代表真正的實際情況，但若是拿每年的結婚數與離婚數來看，似乎的確是呈現這個比例沒錯。

無論真實情況為何，現在離婚早已是件毫不稀奇的事情，應該沒有人會對此共識提出異議。即便如此，時至今日，還是有不少人心中仍深植著離婚是種恥辱的觀念。所以他們雖然願意宣布自己已婚，卻對離婚緘默不提。如果葵也是這種心態的話，那我可以理解她為何不告訴我。

「為什麼你一個字都沒跟我提過啊？」

因為情緒有些激動，我其實沒那個意思，但語氣中還是不免帶了些指責。翔吾回答的聲音聽起來有點不知所措。

「你問我為什麼……這種事情沒必要特地跟你這個前男友說吧？」

「我們都已經分手十年了，還有必要這樣顧慮我嗎？」

「我才不是在顧慮你咧，只是因為你沒問，我才沒說而已。」

翔吾的說法百分之百是正確的。即便如此，我心裡還是多少有點難以釋懷，但又沒有不明事理到直接說出感受來。翔吾大概也被我的態度弄得不太高興，沉默了長達幾十秒。

所以翔吾接下來說出口的反駁讓我大感意外。

「你自己也沒有告訴我葵打過電話給你啊。」

「你早就知道了嗎？但我其實也沒有刻意要保密的意思。」

「那你還不是和我一樣？因為你也是等到我問了才告訴我。」

「那是四天前才剛發生的事情，沒有什麼好說不說的吧。」

「四天前？她四天前也有打電話給你嗎？」

「四天前也有？」

「在大約三年前應該也發生過吧？就是她不小心搞錯電話，結果打給你的事情。」

「你在說什麼啊？」

我本來以為自己聽錯了，但翔吾又複述了一遍。

「就是我大概在三年前聽葵本人說過，她曾經不小心打錯電話給一太你啦。那時候你完全沒提起過這件事，所以我才會想說你可能不想聊有關葵的話題——」

「等一下，葵之前有跟你說過這種事？」

我抱著難以置信的心情質問他。

「我們在三年前舉辦了一場小型同學會。我只是被邀請去參加而已，但葵也是主辦人之一，他們大概沒有問過一太你要不要參加吧。那時葵還跟我說，她才剛結婚沒多久，希望一太也能夠獲得幸福。她真的是個好女生。」

「這太離譜了，我只有在四天前接過一次葵打錯的電話而已。」

即使隔著電話，我也感覺得到翔吾震驚得說不出話來。

「……這是真的嗎？你會不會只是忘了啊？」

「如果真的發生了那種事，我不可能會忘記。而且我也一定會告訴你。應該是你搞錯了才對吧？」

「那是絕對不可能的。這到底是怎麼一回事啊？你的意思是葵騙了我嗎？但她這麼做又有什麼意義呢？」

我試著用有點轉不太過來的腦袋思考原因。

如果這件事是發生在三年前，那所有疑惑便會迎刃而解。那時我還沒有換電話號碼，葵也還沒有離婚。

但是當然了，我心裡十分清楚，這件事是發生在四天前，而非三年前。如此一來，就表示三年前的那一次可能也是葵胡謅的——

所以葵在三年前就開始有這種古怪行為了嗎？她為什麼要做這種事？我還來不及細想，一股寒意就順著背脊往上竄。

「……抱歉，我可以先掛斷電話嗎？我開始有點搞不清楚狀況了。」

聽到我的聲音變得微弱無力，翔吾表現出同情之意。

「你就別花太多心力去煩惱這件事了，人有時本來就會為了小事說一些不必要的謊。」

「你說得也沒錯，謝謝你，如果有什麼新發現，我會再打給你的。」

「知道了，也替我跟鈴海打聲招呼吧。」

我掛斷了電話，為了以防萬一，也確認了一下來電紀錄。

葵的那通電話確實是在四天前打來的。

4

我懷著茫然不解的心情回到店裡。

「他怎麼說？」

聽到緊鎖著眉頭的鈴海這麼問，我一回到座位便立刻開始說明情況。

我仔細地重述與翔吾在電話裡談論的內容，連我的想法和翔吾的反應也都鉅細靡遺地告訴了她。

等我大致說完時，喉嚨已十分乾渴。當我伸手去拿冷水杯時，鈴海嘆氣說道：

「沒想到這世上竟然有這麼奇妙的事。」

「葵從三年前就已經在說謊了。這是我唯一能想到的解釋……但這樣的話就更不明白她的目的到底是什麼了。」

「三年前的那次真的是她在說謊嗎？」

我聽不懂鈴海這句嘀咕的真正含意，便反問道：

「妳的意思是？」

「沒有啦，你聽了不能笑我喔。我只是在想，三年前葵小姐打錯的那通電話，會不會被四天前的一太你接到了。」

她的這番話讓我也跟著苦笑了起來，

「妳說這句話是認真的嗎？」

「啊，你還是笑了。真討厭，我不該說這種蠢話的。」

我安撫鬧起彆扭的鈴海後，她才不太情願地補上了說明。

「如果葵小姐是在三年前打錯電話，那無論是電話號碼還是她沒有透露自己離婚的事情，就都說得通了吧？但是一太你卻說那是四天前打來的，手機裡的來電紀錄也還留著證據。既然如此，是不是可以乾脆把這件事當成一個奇蹟呢？就是三年前葵小姐打錯的那通電話穿越了時空，被四天前的一太你接到的奇蹟——」

就在這個時候。

店裡鏗啷鏗啷地發出了一陣巨響。我下意識地轉頭朝聲音傳來的方向一看，發現留著鮑伯頭的矮個子女店員站在吧台後，對著所有人低頭致歉。

「對不起，驚擾到各位了。」

看來是她不小心失手把金屬托盤摔到了地上。

「美星小姐，妳還好嗎？」

男店員走到女店員身旁關心她。

「對不起，我的手滑了一下。」

「好難得喔，有什麼讓妳在意的事嗎？」

「不——」

女店員忍不住朝我們坐的地方瞥了一下，但此舉並未逃過男店員的雙眼。

「那邊的客人有什麼問題嗎？」

「沒什麼啦。」

「畢竟他們好像在聊很不可思議的話題嘛，妳該不會已經看出真相是什麼了吧？」

「等一下！當店員的人直接承認自己在偷聽客人聊天是不對的吧？」

「咦？美星小姐妳之前不是也會偶爾說出『我不小心聽到了』的話嗎？」

「唔……好吧，這我是無法否認……」

他們本人可能以為自己正在說悄悄話，但因為距離很近，我全都聽到了。

「那個……不好意思。」

我一開口呼喚，男店員就朝著我們的桌子走了過來。

「請問你們要點什麼？」

「不，我們不是要點餐。你們剛才好像說了什麼看出真相之類的話，請問那究竟是什麼意思呢？」

「呃……你說那個啊。」

男店員用食指搔了搔臉頰。女店員則不悅地眼角上揚，瞪著男店員看。

「那邊那位名字寫成『美麗的星星』的美星咖啡師呢，其實是個頭腦非常聰明的人，十分擅長揭開神祕事件的真相，至今也累積多次替陷入困境的客人解決問題的實際經歷。」

「喂！不要隨便誇大宣傳我做的事！」

美星握緊雙拳高舉過頭，表達自己的憤怒之意。從用字遣詞來看，這兩人應該不是夫妻，但他們的對話卻很像一對夫妻在表演相聲。

「這沒什麼好謙虛的，我說的都是事實……所以呢，我才會想說如果你們兩位疑似遇到了這類情況，本店的美星咖啡師或許可以幫忙解決。」

「哦……你是說那位小姐嗎？」

看到美星縮起肩膀，十分惶恐的模樣，我開始覺得或許可以跟她談談這件事。如果是平常的話，我會因為這項提議實在太奇怪而起疑心，但是先不論美星究竟有沒有那麼聰明，至少她看起來並不像是壞人。

「那麼，我可以請教一下她對這件事有什麼看法嗎？」

「等等，一太，你這樣會打擾到他們啦。」鈴海訓斥道。

「別擔心，我會在你們討論時勤奮工作的。那就請兩位稍等一下了。」

鈴海側眼看著男店員走回吧台，開口責備我。

「這種事情可以隨便跟毫不相關的外人說嗎？」

「這又沒什麼不好。如果能夠弄清楚葵的目的，又知道該怎麼應對，讓我可以心無罣礙地結婚的話，對鈴海妳來說應該是再好不過了吧？」

「是這樣沒錯啦，可是……」

當我們還在爭論時，美星已經來到桌子旁。

「其實我並不覺得自己幫得上什麼忙，是他說得太好聽了。」

「死馬當活馬醫嘛，就算最後什麼也沒查出來，我們也不會有損失。對了，妳剛才不小心鬆手讓托盤掉到地上，跟我們的對話內容有關係嗎？」

「呃，那是因為……」美星猶豫了片刻後坦白道：「因為我聽見你們提到穿越時空，心裡嚇了一跳。」

「那是我說的，對吧？」鈴海指著自己的臉說道。

「以前也有客人來我們店裡時說過關於穿越時空的禮物的故事。我對那件事印象很深刻，就想說這次該不會又發生了。很巧的是，當時那位客人也是坐在這個位置上。」

她說這就是她的手不小心滑了一下的原因。

「那個禮物真的穿越了時空嗎？」

「當時的情況讓我覺得或許真是如此。那個故事與一對遭遇悲劇的夫妻有關，我很想相信奇蹟真的發生了。」

鈴海無視美星黯淡的表情，像是逮到了什麼好機會似地說道：

「你看，奇蹟在該發生的時候就是會發生。」

美星本人雖然什麼也沒說，但她注視著鈴海側臉的眼神卻讓我覺得充滿了說服力。

「叫妳美星小姐就可以了吧？我們剛才說的那些話，請問妳大概聽到了多少呢？我不會追究妳的偷聽行為的，請妳老實回答我。」

「這個嘛，大部分的內容我都聽到了，畢竟店裡很安靜。」

「這樣就不用多費工夫解釋，對我們來說也方便。那我就再問一次了，妳對葵那些令人費解的言行有什麼見解嗎？」

結果美星聽完後卻再次注視著鈴海。這次連鈴海也察覺到她的視線，慌了起來。

「妳想做什麼？」

「不，沒什麼……對不起。我不是很清楚那究竟是怎麼一回事。」

她臉上浮現的笑容感覺有些虛假。

「真的嗎？」

「是的，雖然很可惜，但有時就是如此。」

「如果妳無法回答的話，換句話說，就表示這果然是奇蹟吧。」

鈴海的語氣愈來愈強勢，但看起來只是想硬逼對方接受自己的看法而已。

「如果葵沒有說謊的話，我們就只能照鈴海所說的，相信這是個奇蹟了。但我並不覺得自己真的碰上了這樣的奇蹟。」

美星的想法好像有點浪漫主義者的傾向。

「為了結婚，我們也需要奇蹟啊。」

很可惜地，我無法認同鈴海說的這句話。

「美星小姐是怎麼想的呢？妳覺得這是神明創造的奇蹟，為了讓我願意朝結婚邁出步伐嗎？」

美星一時之間似乎有些遲疑，下一刻她就堅決地搖了搖頭。

「我覺得完全不是你說的那樣。」

美星制止正想開口的鈴海，提出了這個問題。

「請問兩位知道尖身波旁是什麼嗎？」

「我沒聽過耶。」我說。

「那是在留尼汪島上所採收的咖啡豆的名字，該島是位於印度洋的法國海外省，被列入世界遺產之一。在十八世紀時這種咖啡豆非常受歡迎，連知名貴族也喜愛飲用，但在十九世紀初期因自然災害等影響，種植數量逐漸減少，最後甚至還停產。而使尖身波旁這種咖啡豆在現代復甦的，便是日本的上島咖啡。」

上島咖啡在留尼汪島發現了尖身波旁的母樹，並且復育成功。根據美星的說明，目前尖身波旁已是一種高級咖啡豆，可在市面上購買取得。

「基於上述的歷史背景，人們經常會用『奇蹟』這個字眼來介紹尖身波旁。畢竟這種咖啡豆曾被認為已經絕跡，是在許多人的努力下才得以復活，所以稱為奇蹟應該是一點也不為過吧。」

「嗯，我也這麼認為。」

「而我剛才所提到的，在這間店裡所聽聞的『奇蹟』……雖然並非人死而復生的情況，但也發生了程度與其相當的事件。若當事人心中懷抱的願望是如此迫切，有時奇蹟也會伸出援手。那件事讓我產生了這樣的感想。」

「妳這句話是什麼意思啊？妳覺得我們結婚這件事不夠迫切嗎？」

美星巧妙地回應了鈴海的質問。

「不是這樣的。你們兩位的結婚不需要奇蹟——如果不靠奇蹟來實現的話，或許反而會進展得更順利。這就是我的意見。」

鈴海頓時愣住，似乎沒料到她會這麼說。

「雖然妳剛才說妳自己也不是很清楚，但我卻忍不住覺得妳似乎早就看穿了一切。」

我指出這一點後，美星急忙說道：

「不，我對這件事沒有什麼可說的——」

「夠了，到此為止吧。」

鈴海突然用這句話制止了美星。

「……鈴海？」

她轉頭看向我，輕輕地吐出一口氣。我覺得這個舉動看起來像是在宣告放棄。

「妳全都已經知道了對吧？那就請妳告訴這個人，讓他知道自己究竟遇到了什麼事吧。」

「這樣好嗎？應該要由妳親口告訴他才對吧？」

鈴海對美星的勸說一笑置之。

「因為我說不出口。讓其他人來說的話，我反而還覺得比較輕鬆。而且……」

我感覺到她在這一瞬間的沉默中隱含了十分強烈的思緒。

「因為妳的關係，虛假的奇蹟已經瓦解了。既然如此，就請妳試著證明我們不需要奇蹟吧。」

這番話並未讓美星退縮。她點了點頭，彷彿像在表示自己已接下這項請求。

「那麼，一太先生。」

美星轉身面對我。接著，她說出了令我十分震驚的真相。

「葵小姐並不是什麼跟蹤狂——我認為這一連串事件全都是鈴海小姐所策畫的。」

5

我除了目瞪口呆外毫無其他反應。

「你只要想像一下鈴海小姐的心情，就不會覺得這有什麼好奇怪的了。」

美星毫不猶豫地繼續說道，簡直就像是早已寫好劇本一樣。

「鈴海小姐希望與一太先生結婚，覺得必須為此排除兩人之間的障礙，便找了自己認識的諮商師來提供協助。」

「妳的意思是財前諮商師也參與其中嗎？」

「恐怕是。不過，因為她似乎有執照，所以大概是真的有諮商師的實務經驗吧。畢竟要是沒有相關技術，想讓一太先生坦露內心想法應該不是件容易的事。」

雖然我過去從未接受過諮商，但是在我眼裡看來，財前諮商師的諮商手法十分自然。

「美加子是我的高中同學。我們以前感情很好，但最近已經很少聯絡了，我也沒跟一太你提過她，覺得應該不會馬上被拆穿。」

我針對鈴海的補充說明提出質疑。

「不過，要是我和鈴海妳繼續交往下去，遲早會穿幫吧？」

「我想說如果是結婚後才發現的話，應該不會有什麼影響。畢竟為了這種小事就離婚也很奇怪。」

看來鈴海連在說出這句話的當下，也都把重點放在我們的婚事上。

「於是鈴海小姐便尋求財前諮商師的協助，想找出一太先生對婚事躊躇不前的原因。由於將病患資訊洩漏給第三者會違反職業道德，所以財前諮商師才會沒有在工作場所進行諮商，而是找了其他地方設置臨時諮商所吧。」

「那裡是美加子居住的地方。」鈴海說道。

難怪我會覺得那裡好像一間普通的公寓。但是因為我在去找財前諮商師之前就查過相關資料，知道在民間還有所謂的私人諮商所，就自己解釋成或許也有地方是長這個樣子了。

「話雖如此，我還是覺得擅自替人諮商並收取金錢好像也嚴重違反了職業道德。」

「從事諮商行為不用遵守什麼特殊規定，只要申請開業許可就可以了。好像也有很多人是利用出租空間或在網路上做這件事喔。」鈴海插嘴說道。

「這樣啊，所以財前諮商師也是這種情況嗎？」

「不，她平常是在醫院工作，沒有申請開業許可。反正她在把從一太口中打聽來的資訊透露給我的那一刻起，就已經不能宣稱那是在諮商了，她跟一太收的費用就當作是我給她的謝禮。我本來是打算之後再偷偷還給一太的。」

「畢竟她也真的替我做了諮商，我是覺得妳們不需要在意錢的事啦。」

「還有啊，美加子她也很介意保密義務的問題，但是一太你曾經說過，可以把葵小姐的事情告訴我對吧？在這種情況下，就算她照辦了也不會有問題的。」

我的確允許財前諮商師把葵的事情告訴鈴海。雖然那些事幾乎都是在諮商時被問出來的，但我一開始就沒打算隱瞞，所以並不介意。倒是財前諮商師這種即使受朋友所託，也盡可能遵守職業道德的態度，反而讓我又對她多了幾分好感。

美星繼續往下說。

「當鈴海小姐收到財前諮商師的報告，得知一太先生是因為十年前談的戀愛才對結婚躊躇不前後，她接下來便開始尋找一太先生當時的交往對象。她已經知道對方的身分是國小同學了，找起來應該不會太困難。」

她只要去問翔吾就可以立刻得到答案了。因為我們之前曾建立過聊天群組，鈴海早就擁有翔吾的聯絡方式。

「鈴海小姐藉此取得葵小姐的聯絡方式後，便直接聯絡她，向她提出一項請求——那就是希望她假裝打錯電話，和一太先生在電話裡聊聊。」

我早就從更換電話號碼的事看出葵在說謊了。但我萬萬沒想到那竟然是鈴海吩咐她做的。

「所以把我現在的電話號碼告訴葵的人是……」

「是我。葵小姐說她已經刪掉一太的聯絡方式了。她沒有察覺到我給她的電話號碼和以前不一樣。」

對不起，我擅自把你的電話號碼告訴了她。鈴海如此向我道歉。

我的電話號碼是在兩年前更換的，而我和鈴海開始交往是一年半前的事。葵拿到的當然就是新的電話號碼了。

「這麼一來，葵小姐隱瞞離婚的理由就很好懂了。」

「為什麼？」我對美星的話感到疑惑。

「鈴海小姐想請身為當事人的葵小姐替一太先生卸下從十年前就一直背負著的重擔。所以她應該是覺得讓葵小姐現在看起來過得很幸福的話，效果會比較好吧。當然了，說一個人因為結婚而幸福，或是沒有離婚就幸福，都只不過是種幻想，但因為在打錯的電話中聊這麼深入的事會很不自然，葵小姐想直接告訴他自己很幸福的話，拿結婚當話題會更簡單好懂。」

只要葵語帶幸福地談論自己的婚姻，我也會覺得結婚是件好事。鈴海應該也是這麼打算的才對。

「不過，這是遲早會穿幫的謊言不是嗎？跟我今天問了翔吾後就知道真相一樣。」

「我想說只要不在我們的婚事確定下來之前被發現就好了嘛。道理和美加子那件事相同。」

鈴海解釋道。

如果沒有電話號碼那件事，我大概也不會對葵的一連串發言產生任何懷疑。因為以前的她本來就是個很有可能犯下打錯電話這種失誤的人。和我是國小同學，到現在還有在聯絡的人只有翔吾，正如我在剛才那通電話裡確認過的，他至今為止都沒有跟我提起葵的話題。所以我原本是沒有機會看穿葵的謊言的。

「但是一太先生卻發現電話號碼已更改這個致命性的破綻。這當然讓鈴海小姐非常著急。如果一太先生看出葵小姐那通電話是她策畫的，她想拯救一太先生的計畫可能會以失敗告終。必須想個能讓一太先生接受的解釋才行。所以她就趁一太先生說要打電話給他朋友翔吾先生並離開店裡時，急急忙忙地聯絡了翔吾先生。」

我還記得自己離開店裡時鈴海正在操作手機。所以美星是看到她那副模樣才推測她正在傳訊息給翔吾的。

如果鈴海搶先打電話給翔吾，我就會發現翔吾正在通話中而立刻返回店內，然後目擊到她在講電話。因此鈴海只能選擇傳訊息這個方法。

那時翔吾用的是擴音模式，在通話中應該還是可以閱讀新收到的訊息。話雖如此，這也只不過是鈴海剛好走運罷了。

「不過，無論當時多麼緊急，原本的情況也不會改變。如果要解釋整件事並請求協助，她勢必要打一篇一定長度的訊息才行。就這點來說，翔吾先生立刻接起了一太先生的電話，對鈴海小姐而言是一件很不湊巧的事。如果他當下沒有接到電話，說不定就可以在回撥之前看到訊息了。」

「這就是翔吾之所以告訴我葵已經離婚的原因？」

「是的，翔吾先生大概是在告訴你之後才收到鈴海小姐傳送的訊息吧，他那時一定十分慌亂。照這樣下去，葵小姐的謊言就會穿幫，情況有可能更加惡化。」

在我與翔吾通話的過程中，曾出現一段長時間的沉默。原來那並不是對我的態度感到無言，而是他正在拚命地思考怎麼應對嗎？

「因此，翔吾先生在迫不得已之下所採取的方法，就是把那通錯誤電話直接說成是三年前發生的事情。」

這麼一來，就可以同時解釋電話號碼與葵未提及自己離婚的問題——前提是我真的相信這種不切實際的證詞。

「對了，我原本認為那是翔吾先生靈機一動所想到的辦法，但那其實也是鈴海小姐的指示嗎？」

鈴海搖頭否認了美星的問題。

「我再怎麼樣都不可能要求男友的朋友說這種離譜的謊話。當時我光是解釋情況就已經忙不過來了。」

「所以是鈴海小姐從一太先生口中聽到翔吾先生胡謅的內容後，就立刻順水推舟地往下說了嗎？」

「是的。但我還是在腦中吐槽翔吾，覺得這說法太牽強了。」

鈴海苦笑道，似乎對她當時硬要用「奇蹟」來解釋的行為感到十分羞恥。

「鈴海小姐應該也沒想過一太先生會真的相信那個電話穿越了時空的假設吧。但那個說法或許至少可以在當下稍微矇騙一太先生一下。畢竟只要再多花一點時間思考，還是有可能想到更合理的說法。順便一提，翔吾先生在掛斷電話時說的「也替我跟鈴海打聲招呼吧」——那一句話真的是弄巧成拙呢。因為等於是在坦承他知道現在一太先生正和鈴海小姐在一起。」

接著，美星便像是結束表演的魔術師般對我們深深地一鞠躬。

「我說的這些應該就是發生在一太先生身上的所有事情了吧。」

我再次看向鈴海。

她臉上浮現的笑容裡刻著「落敗」兩個字。

「事到如今也不能再後悔了，因為我已經把很多人都牽扯了進來。美加子、翔吾……還有葵小姐。」

我很高興她為了我們的婚事如此努力。但是——

「葵是個就算不喜歡也無法說不的人。」

我難以保持沉默地說出了令我相當介意的一件事。

「就算素昧平生的鈴海提出這種突兀的要求，她應該也無法拒絕。她就是這樣的人。那些說自己很幸福，說希望我們感情愈來愈好的話，都只是配合鈴海的要求才說的。實際上，她在離婚後應該有段時間既苦惱又飽受傷痛，但她卻忍著不提……」

「恕我直言。」

美星插嘴說道，眼角隱含著強而有力的意志。

「正如我剛才所說的，結婚了就會幸福，離婚了就是不幸，這種想法只不過是幻想。在我看來，認定自己以外的某人目前並不幸福，而且還以為那個人仍和以前一樣毫無改變，感覺很不尊重對方的人生。」

她說得完全沒錯。這一點我很清楚。但是這個人並不知道。不知道我們當時為了讓她過得更開心，是多麼拚命地面對困難且磨耗身心，結果最後還是選擇了分手。不知道我過去有多麼強烈地希望葵能夠獲得幸福。

但我現在卻又為了自己打算利用葵？明明我那天才因為想讓自己解脫而離開了葵身邊——

「她並不恨你。」

我的腦袋花了一點時間才理解鈴海突然說出的這句話是什麼意思。

「……妳說什麼？」

「葵小姐說她並不恨你。她知道你現在還對十年前的事情耿耿於懷後，好像反而覺得很抱歉的樣子。」

鈴海繼續說道：

「你不相信的話我也沒辦法，但我並沒有逼她一定要答應我的要求。我自己也知道拜託她做這種事真的很沒禮貌。但是葵小姐說，雖然你和她分手時她很難過，也有點怨恨你，但後來她也經歷過很多事，覺得自己現在的生活過得還算滿足充實。」

葵似乎還說了這樣的話。

——我不可能長達十年都待在同一個地方不前進。

「如果你不信的話，可以現在馬上打電話給她本人，問問看我說的究竟是不是真的。這樣應該就不用懷疑我們有沒有事先串通好了吧？」

鈴海說得沒錯。我猜她應該已經沒有在說謊了——葵是真的說了這些話。

「還有啊，我一開始曾問過她要不要和你見一次面。因為我覺得這樣一太你心裡會輕鬆許多，而且設計成她在京都旅行時偶然遇到你，不是也比較簡單好懂嗎？結果葵小姐卻說她真的很不想這麼做。」

——葵開口拒絕了？

「她……是不是已經不想再見到我了呢？」

鈴海一聽便輕笑起來，告訴了我答案。

「她現在比十年前胖了不少，太丟臉了不想見你。她是這麼笑著跟我說的。」

我緊緊地閉上了雙眼。

浮現在腦海裡的只有葵總是看起來很痛苦的表情。我並不知道她發自內心感到幸福時會是什麼樣子。我無法想像她在沒有我的世界裡幸福生活的模樣。

葵說她不可能長達十年都待在同一個地方不前進。她已經從我拋棄她的那張公園的長椅上邁出了步伐。被那段苦澀的戀愛囚禁了長達十年的人，並不是接受分手的她，而是提出分手的我——

「葵小姐得知一太先生受到自己影響而無法獲得幸福後，因為感到心痛而出於善意提供協助。一太先生肯定比任何人都還能理解這種心情。」

我對美星的這番話點了點頭。

「你現在應該已經明白了吧。財前諮商師、翔吾先生、葵先生，還有鈴海小姐。大家全都因為希望你幸福而撒了謊喔。你已經不再受困於過去，可以用自己的意志選擇該走的道路了。」

所以照理來說，你根本不需要什麼奇蹟。美星替整件事下了這個結論。

我的眼淚沿著臉頰流下，滴落在桌子上。

我已經有資格獲得原諒了嗎？

我可以放下這十年來一直背負著的重擔了嗎——

「鈴海。」

即使視線模糊，我仍直視心愛之人的雙眼，對她說道：

「雖然我這麼沒出息，但妳願意和我結婚嗎？」

「我願意。」

鈴海笑了起來。她的眼角也和我一樣閃著淚光。

「恭喜兩位。」

美星露出微笑，輕輕地拍了拍手。吧台後方的男店員也跟著鼓起掌來，為我們送上祝福。

當我們正感動到難以言語時，美星再次開口說道：

「雖然人們稱尖身波旁的復活為奇蹟，但實際上並沒有真的出現可稱為奇蹟的偶然情況或超自然現象。它是因為上島咖啡、法國政府及島上居民等許多人的協助和不懈努力，才得以在現代復甦的。」

換言之，與其說是奇蹟，不如說是由人們的思想聯繫起來的生命。

「一太先生你也許在十年前曾一度失去了自己心中的重要部分。但我認為是你以誠實的態度所經歷的歲月打動了周遭的人，讓你又再次重獲新生。」

我活著所經過的時間。

是那些時間又回過頭來支持著現在的我。

「請你一定要好好珍惜大家的心意喔。祝你們永遠幸福。」

「謝謝妳。」

我向她低頭致謝。當我抬起頭時，鈴海就在眼前。

——我想和妳一起獲得幸福。

我以變得輕盈的身體邁出步伐。鈴海性急地說去夏威夷度蜜月好像不錯，對我笑了起來。

後記

大家好。我是本書作者岡崎琢磨。

咖啡館系列最新一集《咖啡館推理事件簿7　將方糖沉入悲傷深淵》已經順利問世了。這是睽違大約兩年四個月的續集，所以我想我在第六集電子版限定的後記中提到的「不會讓讀者再等三年」的承諾，應該算是勉強實現了。

……還是有點晚嗎？對不起。這期間發生了很多事。雖然這是一本短篇小說集，但不是因為沒有機會每篇文章都發表，行程難以安排，就是為了出版社，導致晚了好幾個月才出版，還有我太沉迷於《黎明死線》和《第五人格》，完全沒有工作……總之，請把所有問題都歸咎於這個扭曲的現代社會吧。

開玩笑的話就到此為止，本書是自第四集以來的短篇小說集，而且與其他重視驚喜的集數不同，我覺得本集更偏向直白的推理小說短篇集，但其實這四個短篇，全都是以我個人聽聞的真實事件為起頭，基於這個創作理念來書寫的。請讓我在此解釋我決定挑戰這麼做的經過。

這件事要從二〇二〇年的一月二十六日開始說起。在《咖啡館推理事件簿6　盛滿咖啡杯的愛》發行後不久的這天，我來到讀賣大手町的表演廳。那裡在當天是「第六屆全國高中書評競賽決賽」的舉辦場地，在福岡縣區域賽中獲勝的福岡縣立筑前高中的黑谷咲同學將會演講介紹我的著作《咖啡館推理事件簿　下次見面時請讓我品嘗你煮的咖啡》。當時筑前高中的教務主任正巧是我高中時代的恩師，我才得以坐在會場裡觀看決賽。

黑谷同學的演講十分出色，遠遠超出我的想像（我坐在觀眾席上，一邊想著「這本書感覺超級有趣，連我也想找來讀讀了」一邊洗耳恭聽她的介紹），但其他參賽者也都是毫不遜色的厲害高手，所以很可惜地，黑谷同學和我的著作並未晉級最終決賽。結果在最終決賽前，我便和同樣是「這本推理小說真厲害！」大獎得主出道的降田天老師一起獲邀參加了辻村深月老師的座談會。

多虧了主持人鴨志田世文先生的熱情和辻村深月老師的溫和性格，座談會的氣氛始終很和睦熱絡，在活動結束後，我們這些作家便坐在觀眾席最前排正中央，一起觀看最終決賽——但就在抽籤決定發表順序時，發生了三號和四號籤各有兩張的意外插曲。

自出道以來，我寫了不少屬於日常推理題材的作品，但是不用說也知道，我很難在現實中遇到可當作小說題材的神奇現象。因此這起抽籤意外真的十分有趣，我也不禁納悶為何會發生這種事情。

就在這個時候，坐在我旁邊的辻村深月老師說了以下這句話。

「這時候就要請岡崎老師出馬了呢。」

一個既是偉大的前輩作家、也是我嚮往的老師的人，不僅知道我是寫日常推理的作者，還對我說這種話，我怎麼可能笑笑地聽過去呢？

在當時覺得「他剛剛好像對我隨口說出了很驚人的話」的我，因為太過震驚，完全不記得當下是怎麼回應的，但我隔天就在推特上立下承諾，表示「我會負責把第六屆全國高中書評競賽決賽的最終決賽中發生的事情寫成一則短篇小說」。

最後我寫出來的短篇小說就是〈書評競賽之亂〉。

於是本作的第七集就自然而然地出現了製作成短篇小說集的走向，我和責任編輯意見一致地認為「既然如此，乾脆整本書的故事都用實際發生的事情當題材好了」，最後總共新寫了四則短篇小說。此外，這些實際發生的事我只用來當引子而已，短篇小說的內容大部分都是我自己創作的。至於放在中間的極短篇則全都是由我獨自構思寫成的。

順帶一提，在本書中有兩個故事的登場角色人名長得很相似，這是我刻意安排的。因為以悲劇收場太令人難受了，我想說至少讓他們兩人在其他世界能夠幸福，就這麼做了。這是參考了北村薰老師讓《秋花》及《SKIP—快轉》的登場角色使用相同名字的手法。

至於極短篇〈不要拒絕他〉，雖然我知道作者在作品之外還囉唆地替自己辯解不是件值得鼓勵的事，但還是請容許我稍微補充解釋一下。

我在近年來算是滿關注性別議題的，但同時也對於把它當成小說這種娛樂產品的題材懷有一定程度的疑慮，尤其是拿來在推理故事中製造驚喜的情況，至少我認為這在我的作品裡是一種禁忌行為。

在執筆該作品時，我也絕不是站在啟蒙的角度來書寫，硬要說的話，我在受到限制的截稿期限內所能想到的最好的點子就是它……這才是我如此安排的真實原因。

對於此作品是否違反了我替自己設下的禁忌這個問題，我內心也曾十分掙扎。但是我認為無論性向為何，這個驚喜本身都是可以成立的，而且設定與作品主題本就難以切割，再加上我覺得在現代探討這個主題是有意義的，基於以上兩項理由，我最後判斷這麼做是可以容忍的。

話雖如此，若真有人在閱讀後感到不快，那也全是因為我設想得不夠周全。今後我仍會繼續精進自己，努力學習。

在執筆〈蜜月悲劇〉時，《TOCANA》主編角由紀子女士所分享的許多故事，使這個作品產生了戲劇性的發展。我由衷地感謝她的協助。

同時我也要感謝我的朋友們分享了可當作短篇小說出發點的經歷，真的非常謝謝你們。多虧你們，我才能遇見這些新故事。

此外，所有文章的責任皆由作者我全權承擔。

最後，我將在今年，也就是二〇二二年迎來我的作家生涯十週年紀念日。

這同時也代表咖啡館系列即將滿十週年。

因為第一集是在二〇一二年八月發行的[1]，我打算在今年八月出版第八集，當作十

1 編注：此處指日文版著作的發行日期。

週年紀念作品。由於第七集最後變成了與其說是為了系列作讀者，不如說是基於作者喜好而寫的一本書，所以我想在第八集中用盡所有心力，寫出能讓所有讀者都滿意的作品。

在本書出版時，距離八月只剩下不到半年的時間了。在撰寫本篇後記時，我還對第八集的故事內容沒什麼頭緒，感覺這條通往完成的道路似乎跟前往天竺的路途一樣漫長。

我是否有辦法在被三藏法師（責編）施展緊箍咒的情況下走到終點呢？如果大家都能在這本書中獲得樂趣的話，那將成為我最大的創作動力。

祝各位每日都是美好的一天。

岡崎琢磨

國家圖書館出版品預行編目資料

咖啡館推理事件簿. 7, 將方糖沉入悲傷深淵／岡崎琢磨著；林玟伶譯. -- 初版. -- 臺北市：麥田出版：英屬蓋曼群島商家庭傳媒股份有限公司城邦分公司發行, 2023.07
面； 公分. --（日本暢小說；103）
譯自：珈琲店タレーランの事件簿. 7, 悲しみの底に角砂糖を沈めて
ISBN 978-626-310-458-7（平裝）

861.57 112005741

城邦讀書花園
www.cite.com.tw

ISBN 978-626-310-458-7
電子書ISBN 978-626-310-465-5（EPUB）
Printed in Taiwan.
本書若有缺頁、破損、裝訂錯誤，請寄回更換。

日本暢銷小說 103

咖啡館推理事件簿 7

——將方糖沉入悲傷深淵

作者｜岡崎琢磨
譯者｜林玟伶
封面設計｜莊謹銘
責任編輯｜丁 寧

國際版權｜吳玲緯
行銷｜闕志勳 吳宇軒
業務｜李再星 陳美燕 李振東
總編輯｜巫維珍
編輯總監｜劉麗真
總經理｜陳逸瑛
發行人｜凃玉雲
出版｜麥田出版
10483台北市民生東路二段141號5樓
電話：(02) 2500-7696
傳真：(02) 2500-1967
部落格：http://ryefield.pixnet.net
發行｜英屬蓋曼群島商家庭傳媒股份有限公司
城邦分公司
地址：10483台北市民生東路二段141號11樓
網址：http://www.cite.com.tw
客服專線：(02) 2500-7718｜2500-7719
24小時傳真專線：(02) 2500-1990｜2500-1991
服務時間：週一至週五09:30-12:00｜13:30-17:00
劃撥帳號：19863813 戶名：書虫股份有限公司
讀者服務信箱：service@readingclub.com.tw
香港發行所｜城邦（香港）出版集團有限公司
地址：香港灣仔駱克道193號東超商業中心1樓
電話：+852-2508-6231
傳真：+852-2578-9337
馬新發行所｜城邦（馬新）出版集團
【Cite (M) Sdn. Bhd. (458372U)】
地址：41-3, Jalan Radin Anum, Bandar Baru Sri Petaling, 57000 Kuala Lumpur, Malaysia.
電話：(603) 90563833
傳真：(603) 90576622
電郵：services@cite.com.my

印刷｜中原造像股份有限公司
初版一刷｜2023年7月
初版二刷｜2023年8月
定價｜320元